MÖRDER, TOTE, KOMMISSARE

Dostojewskis Erben

MÖRDER, TOTE, KOMMISSARE

Belinda Vogt (Hrsg.)

Bibliografische Informationen der Deutschen Nationalbibliothek: Die Deutsche Nationalbibliothek verzeichnet diese Publikation in der Deutschen National-
bibliografie; detaillierte bibliografische Daten sind im
Internet über http://dnb.dnb.de abrufbar.

Herstellung und Verlag:

BoD - Books on Demand, Norderstedt

ISBN: 9-783748-129332

Wir danken der vhs Main-Taunus-Kreis und dem Stadtmuseum Hofheim für die Unterstützung bei der Gestaltung des Krimitags.

Die Autorinnen und Autoren

GRUßWORT

Liebe Leserinnen und Leser,

für alle, die glauben, dass es im friedlichen Hofheim keine Intrigen, keine Verbrechen und erst recht keinen Mord gibt, sei der Krimitag im Hofheimer Stadtmuseum empfohlen.

Und für alle, die sich fragen, was haben Politik und Krimi gemeinsam, sei zugerufen: Was wäre die Krimiwelt ohne die Politik?

In der Politik geht es in der Vorstellung und in der Phantasie vieler Menschen immer um Macht, Geld und Einfluss. Nun, die Phantasie ist da besonders groß, wo sie sich unbegrenzt entfalten kann. Dass Politik – gerade auf kommunaler Ebene – wenig damit zu tun hat, tut dem Reiz des Unbekannten und Mysteriösen keinen Abbruch. Phantasie ist bekanntlich der beste Raum für Verschwörungstheorien, die hinter jedem Vorgang das organisierte Verbrechen mit gar internationalen Verbindungen vermuten.

Nach einem dumpfen Klopfen an der Tür bei einer Sitzung zur fortgeschrittenen Stunde im

Rathauskeller ernte ich mit dem Spruch: „Das ist nichts Besonderes, das sind die Leichen, die wir hier im Keller haben. Die kommen immer um diese Zeit." schon mal entsetzt fragende und gar ängstliche Blicke.

Für alle, die Ironie nicht verstehen – das war eine ironische Anmerkung!

Die Autorinnen und Autoren der Wiesbadener Gruppe „Dostojewskis Erben" lesen im Stadtmuseum Hofheim aus ihren extra für diesen Tag geschriebenen Kurzgeschichten. In diesen schleichen düstere Gestalten durch verwinkelte Gassen der Hofheimer Altstadt, lauert das Böse in den tausend Ecken eines Möbelhauses und schlägt unerwartet auf der Speedway-Bahn in Diedenbergen zu.

Die Wiesbadener Autorinnen und Autoren gehören dem SYNDIKAT e.V. an, dem Verein zur Förderung deutschsprachiger Kriminalliteratur. Dieser veranstaltet jährlich in Städten wie Berlin, München, Zürich und Wien zum Todestag des Schweizer Kriminalschriftstellers Friedrich Glauser Lesungen, Diskussionen und Veranstaltungen für einen guten Zweck. In Jahr 2018 kommen die

Einnahmen des Hofheimer Krimitags der Bürger-
vereinigung Hofheimer Altstadt e.V. zugute.

Ich freue mich, die Mitglieder von
„Dostojewskis Erben" in unserer Stadt zu Gast zu
haben und danke ihnen für die sechsundzwanzig
Krimis mit Tatort Hofheim, die in dieser Anthologie zusammengefasst sind.

Ich wünsche Ihnen spannende Stunden mit den
Hofheim-Krimis.

Gisela Stang
Bürgermeisterin Hofheim am Taunus

INHALT

VORWORT

Hofheim ist ein gefährliches Pflaster. Mordsgefährlich. Nach meiner Lektüre dieser Kurzkrimis bin ich erleichtert, die Stadt jeden Abend wieder vor Einbruch der Dunkelheit verlassen zu dürfen, um in meine sicheren vier Wände weit jenseits der Stadtgrenzen heimzukehren. Das Leid des Berufspendlers ist also ein Glücksfall, der mich vor den Schrecken der blutdurstigen Hessen bewahrt.

Dieses Buch ist ebenfalls ein Glücksfall – und zwar gleichermaßen für die Hofheimer Kulturszene, hessische Krimifans und die Volkshochschule Main-Taunus-Kreis. Seit 2016 richtet die in Hofheim ansässige Volkshochschule gemeinsam mit dem Stadtmuseum Hofheim und der Autorengruppe „Dostojewskis Erben" am 8. Dezember den Krimitag aus. Die Lesungen im Stadtmuseum Hofheim sind stets alles andere als sterbenslangweilig: Zwölf Autorinnen und Autoren lesen in verschiedenen Räumen und fesseln das Publikum mit ihren Erzählungen, die mal spannend, mal witzig, oft beides zugleich sind. Innerhalb kürzester Zeit ist der Krimitag zu einem Hofheimer Kulturevent geworden, das man sich im Kalender markieren sollte. Das ist ein Verdienst der Autorinnen und Autoren von „Dostojewskis Erben" und auch der Organisation von Martina Jost von Seiten des Stadtmuseums.

Dieses Buch ist ein ganz besonderes Geschenk der Autorengruppe: Eigens für den Hofheimer Krimitag geschrieben, morden die Täter, verfolgen die Ermittler und sterben die Opfer allesamt im Main-Taunus-Kreis – vor unseren Türen, unter unseren Fenstern und manchmal auch unter unseren Füßen. Sie werden schon sehen. Entschuldigung: lesen.

In diesem Buch erwarten Sie einige Geschichten zum Zähneklappern. Vielleicht werden Sie den Bahai-Tempel in Langenhain nun mit anderen Augen sehen. Und wenn Sie jemanden kennenlernen, der im Main-Taunus-Kreis im Denkmalschutz tätig ist, werden Sie fortan vielleicht zu einer Warnung anheben. Vielleicht werden Sie bei Ihrem nächsten Besuch in einem schwedischen Möbelhaus (Imbus und Holzdübel – alles klar?) die Schränke nicht mehr ganz so unbedarft öffnen.

Kriminalgeschichten sollten spannend sein: Die Geschichten dieser Sammlung erfüllen dies nicht nur, sie gehen darüber hinaus: Sie zeigen das tiefe

Grauen unter einer dünnen Decke bürgerlichen Alltags, manchmal auch mit einem rigorosen Rückblick in die deutsche Geschichte. Auch das dürfen Kriminalgeschichten, aber nur die guten. Die Herausgeberin, Belinda Vogt, hat solche guten Geschichten für Sie gesammelt.

Der Selbsttest zeigt: Die sechsundzwanzig Kurzkrimis in „Mörder, Tote, Kommissare" eignen sich vollauf für ängstliche Berufspendler, die sich abends nicht mehr unter die mordlustige Bevölkerung im Main-Taunus-Kreis und deren blutrünstiges Zentrum Hofheim trauen – außer am 8. Dezember zum Krimitag im Stadtmuseum natürlich.

Aber nun lesen Sie endlich diese guten Geschichten, denn sie haben es verdient, von vielen Leserinnen und Lesern mit viel Freude gelesen zu werden.

Gerrit Lungershausen

Dr. phil. Gerrit Lungershausen ist Fachbereichsleiter für Kultur an der vhs Main-Taunus-Kreis.

ZWEIERLEI MAß

von Susanne Kronenberg

Liebste Freundin,

endlich konnte ich einziehen. Du wärst entzückt von meinem Häuschen. Wie die Fachwerkbalken in Lavendelblau glänzen! Und drum herum die zarten, in Geranienrot leuchtenden Linien. Die Fensterläden, die Haustür: in strahlendem Sonnengelb. Ein Schmuckstück, wie du es vorausgesehen hast. Ich dagegen hatte nicht deine Vorstellungskraft, als du mich während unseres Bummels durch die Hofheimer Altstadt auf die graue Maus aufmerksam machtest. Ob das nichts wäre für mein letztes Lebensviertel? Am liebsten hättest du selbst zugegriffen, aber deine Wahlheimat Australien ist dir heilig.

Was habe ich mir für Gedanken gemacht. Eine Frau in den Sechzigern, die allein lebt, will ein solches Projekt stemmen? Der Makler gab sich alle Mühe, meine Bedenken zu zerstreuen. Wegen des Denkmalamts, versicherte er eilfertig, müsse ich mir keine Sorgen machen. Der zuständige Beamte sei ein zahnloser Tiger, der dem Nachbarn aus der Hand gefressen habe.

So kaufte ich das Haus und ging frohen Mutes die - bedrohlich umfangreiche - Instandsetzung an. Doch ausgerechnet der zahme Tiger erwies sich als zäher Widersacher, als Denkmalschutzfanatiker, der alles daransetzte, mein Projekt zur torpedieren. Beim Nachbarn, einem groben Streithahn, mochte er noch gekuscht haben. Hatte ihm alles durchgehen lassen, sogar die bodentiefen Fenster und eine Loggia im Dachgeschoss. Meine Vorschläge dagegen wurden abgelehnt oder ins Gegenteil verkehrt. Der Kerl rechnete mit zweierlei Maß! Du machst dir keine Vorstellung von seinen Forderungen. Je höher seine Ansprüche die Kosten trieben, desto tiefer sank meine Zuversicht. In meiner Verzweiflung suchte ich Trost im verwilderten Garten und beobachtete hinter dem Haus die Katze von nebenan, ein agiles schwarzes Wesen, das viele Schlupfwinkel für die Mäusejagd zu nutzen wusste. Wie ein Spuk erschien sie, eine zappelnde Maus im Schnäuzchen, immer wieder aus einer Stelle im Gebüsch.

Habe ich dir von den Kellern geschrieben? Das ist eine seltsame Hofheimer Besonderheit. Weil in den tiefer gelegenen Straßen das Grundwasser hochdrückt, waren die Bürger früherer

Jahrhunderte so gescheit, ihre Vorratskeller im oberen Stadtgebiet anzulegen. So kommt es, dass hier in der Oberstadt unter vielen Häusern zwei Keller liegen: einer, der zum Haus gehört, und ein weiterer, dessen Besitzer unterhalb wohnt. Viele Keller ziehen sich bis unter die Gassen. Wenn ich im Garten sitze, male ich mir aus, wie die Frauen früher aus der Unter- zur Oberstadt gezogen sind, um Kartoffeln und Eingekochtes fürs Mittagsessen zu holen. Da wird so manche vor lauter Tratschen nicht zum Kochen gekommen sein. Doris, die Besitzerin „meines" zweiten Kellers, hat die Schwatzhaftigkeit mit Löffeln gegessen. Meist höre ich kaum hin. Ich steckte noch mitten im Umbau, als Doris darüber redete, dass vermutlich sogar drei Keller unter meinem Grundstückchen liegen. Ihr verstorbener Vater habe von einem tiefen Gewölbekeller gewusst, der sich bis unter das Nachbarhaus erstreckt haben soll und dessen Besitzer unbekannt gewesen sei. Wenige Tage später musste ich daran denken, als wie so oft die Mieze durch den Garten pirschte, im Gestrüpp verschwand und kurz darauf mit einer Maus vor dem Haus wieder auftauchte. Neugierig folgte ich ihrem Weg.

Das Loch im Erdreich war gefährlich groß, und die Steine, die ich hineinfallen ließ, landeten mit dumpfem Schlag in der Finsternis. Kaum hatte ich die Öffnung mit Laub und Zweigen abgedeckt, als mein Freund vom Denkmalamt im Garten erschien. Unangemeldet, wie es seine Art war. Höflich offenbarte ich ihm meine Farbwünsche für die Fassade und erntete Spott und Hohn. Lavendelblau für die Balken? Ein schlichtes Taubenblau wäre das Äußerste der Gefühle, und die roten Umrandungen könnten nicht mein Ernst sein! Sonnengelb für die Läden? Die Haustür? Ausgeschlossen. Falls ich gegen sein Verbot verstieße, sei mir ein dickes Bußgeld sicher. Oder gar der Baustopp!

Was kümmerte es den Mann, dass ich keine Zeit zu verlieren hatte und in Frieden in meinem Häuschen wohnen wollte, in den zwei Jahrzehnten, die mir vielleicht noch blieben? Mit großen Gesten trat er rückwärts, sich lautstark über meine „kitschige Farbpalette" mokierend - und war mit einem Mal wie vom Erdboden verschluckt. Aus dem Loch schallten wütendes Schimpfen und gequältes Stöhnen herauf, während ich die Lücke mit Brettern abdeckte und diese mit Steinen beschwerte. In den Tagen danach lauschte ich hin und wieder in das Loch hinein. Aus dem Stöhnen wurde Jammern, aus dem Jammern ein Wimmern, das immer leiser klang, bis es schließlich völlig erstarb.

Vom Denkmalamt habe ich seitdem nichts gehört außer der Nachricht, ich müsse mich gedulden, der zuständige Mitarbeiter sei spurlos verschwunden. Mittlerweile haben die Maler all ihre Arbeiten erledigt. Demnächst will ich den Garten verschönern. Auch für die Katze. Sie faucht und sträubt das Nackenfell, wenn sie nur in die Nähe des Lochs kommt, das arme Tier. Eine Steinplatte mit einem Blumenkübel darauf wird sie beruhigen. Dann blühen dort Lavendel, Geranien und Sonnenblumen. In meinen Lieblingsfarben!

Es grüßt Deine Hofheimer Freundin

PS: Soeben klingelte Doris mit dem neusten Tratsch. Ob ich es schon wüsste? Studenten wollten eine Bestandsaufnahme aller Hofheimer Keller machen und ja, selbstverständlich habe sie ihnen von ihrem Vater erzählt.

DAS HAAR DER BERENIKE
von Ute Schusterreiter

Die Schritte kamen von der Sternwarte. Berry fuhr herum. So spät war noch jemand unterwegs? Sie presste ihre Tasche an die Brust und sah dem Mann entgegen. Wahrscheinlich ein Astronomie-Fan, der nach einer Veranstaltung noch einen Spaziergang machte. Entsetzt trat er neben sie und stierte auf die Leiche.

„Mein Gott, was ist passiert?"

Berry antwortete nicht. Sie starrte auf das merkwürdige Zeichen, das Victor mit letzter Kraft auf den Weg gemalt hatte. Zwei Linien im rechten Winkel. Sein Finger lag noch in der Blutlache, die aus seinem Bauch gequollen war.

„Wir müssen die Polizei verständigen", rief der Mann. „Fassen Sie nichts an, vor allem, treten Sie nicht auf das Zeichen, der Tote wollte damit sicher seinen Mörder benennen!"

Seine Worte durchfuhren Berry wie die klirrend kalte Winterluft ihre Lungen. Doch dann beruhigte sie sich. Alles, was Victor da gemalt hatte, war ein halbes Viereck. Zwei nichtssagende Striche. Keine Buchstaben, kein Name. Er würde sie nicht von ihrer Reise abhalten, auch wenn er sich gegen sie entschieden hatte. Gegen sie und sein Auserwählt-sein.

Berry sah hinauf in den Himmel. Ein scharf konturierter Sichelmond stand über der weiß leuchtenden Kuppel des Bahai-Tempels. Die Plejaden waren heute außerordentlich gut zu sehen. Die perfekte Nacht für den lang ersehnten Flug.

Berry dachte zurück an den Tag, an dem Victor ihr das erste Mal aufgefallen war, auf dem Wochenmarkt in Hofheim. Er schlenderte allein an den Ständen vorbei und hob kaum den Blick, wenn er etwas kaufte. Typ einsamer Wolf, einer, der gerettet werden musste. Das hatte Berry sofort gespürt.

Entschlossen hatte sie ihr Rosenquarzamulett umfasst und war ihm gefolgt. Erst in ein Café, dann in eine Buchhandlung und schließlich zu seiner Wohnung, die gut einsehbar im Hochparterre lag. Jeden Abend hatte sie dort gestanden. Zwei Jahre lang. Angesprochen hatte sie ihn nie. Sie wusste, dass auch er die Verbindung zwischen ihnen spürte, dass er die Gedanken, die sie ihm schickte, empfing. Gedanken der Liebe und des Auserwähltseins. Sie würde ihn mitnehmen, wenn das Raumschiff startete, wenn sich die Kuppel des Bahai-Tempels öffnete und alle Menschen der Liebe mit sich in eine ferne Galaxie nähme, in eine bessere Welt.

Sie hatte ihm einen Brief geschrieben, hatte ihn hergebeten auf die Wiese zwischen Tempel und Sternwarte. Es sei das letzte Mal, dass er sie sehen würde, hatte sie ihm versprochen, nie wieder würde sie vor seinem Fenster stehen, denn unverständlicherweise hatte ihn das mit einem Mal geärgert. Vorletzte Woche hatte er die Polizei auf sie gehetzt. Wahrscheinlich waren seine Antennen durch feindliche Aktivitäten gestört worden, und Victor brauchte die mündliche Ankündigung des bevorstehenden Ereignisses. Das Treffen heute hatte Berry als letzte Chance für ihn gedacht, sich für den Weg der Liebe zu entscheiden. Doch Victors Herz war verstockt geblieben.

„Sie sind ja vollkommen irre", hatte er sie angefahren, als sie ihm von ihrer gemeinsamen Reise erzählte. Vor wenigen Minuten war das gewesen.

„Ich will nirgendwo mit Ihnen hinfliegen. Ich kenne Sie nicht. Ich liebe Sie nicht! Und außerdem: Ein Gotteshaus ist das dort drüben, ein Tempel und KEIN Raumschiff!"

In diesem Moment hatte sie zugestochen.

Das Messer lag nun in ihrer Tasche, die sie an die Brust presste. Berry blickte verächtlich auf ihr Opfer hinab. Er hatte es einfach nicht begriffen, hatte sich gegen die Liebe gestellt. Nun würde sie alleine fliegen. Niemand würde sie mit dem Mord in Verbindung bringen. Dieses lächerliche Zeichen - was auch immer Victor damit andeuten wollte - hatte nichts mit ihr zu tun.

Der Astronomie-Fan holte sein Handy aus der Hosentasche. „Die Polizei wird schnell hier sein."

Berry zuckte gleichmütig die Schultern und wandte sich ab. Sie mochte Victor nicht mehr sehen. Langsam schlenderte sie in Richtung Parkplatz. Das Raumschiff schien heute ohnehin nicht mehr zu starten. Vermutlich hatte Victor die Energien mit seiner Sturheit geschwächt.

„Hey, Sie können jetzt nicht einfach weggehen. Die Polizei braucht Sie als Zeugin!"

Berry reagierte nicht.

„Hören Sie, Sie machen sich verdächtig, wenn Sie nicht hierbleiben. Ich kenne Sie, Sie sind doch diese Esoterikerin, die in der Zeitung inseriert. Heilsteine, Jenseitskontakte und so Zeug. Berenike heißen Sie, nicht wahr?"

Der Mann stockte. Seine eigenen Worte schienen ihn aufhorchen zu lassen. Mit dem Blick des Sternenkundigen betrachtete er das Zeichen, das Victor mit seinem Blut geschrieben hatte.

„Es ist eine Konstellation", rief er Berry hinterher. „Das Haar der Berenike. Sie heißen Berenike, wie das Sternbild. Sie haben ihn umgebracht!"

MUPPETSHOW IN HOFHEIM
von Richard Lifka

Bankraub! Glaub ja nicht, dass das einfach ist. Besonders nicht hier in unserem Kreisstädtchen Hofheim am Taunus - das wie eine grüne Insel inmitten der lebendigen Rhein-Main-Region stolz am Südhang des Taunus liegt; so steht's hundertpro im Prospekt.

Du musst dich erst mal an diese abgefahrene Idee gewöhnen. Dann haste drei Wochen Zeit zum Beobachten. Hängst in diesem Bistro ab. Jeden Tag. Kostet dich 'ne Stange Euros. Für einen Kaffee löhnst du da locker so viel wie bei Aldi für zwei Pfund, sag ich dir. Aber um was anzuschieben, braucht es eben erst 'ne Investition.

Außerdem musst du dir 'ne Vermummung besorgen. Zum Beispiel eine Kermitmaske aus den Zeiten, als du dir noch jeden Samstag in der Glotze den Muppet-Quatsch reingezogen hast und zu Karneval zusammen mit deiner Ex verkleidet um die Häuser gezogen bist, du als Frosch, sie als Schwein. Meine Güte! Und 'ne Knarre brauchst du auch, logo, am besten nimmst du deine Schrotflinte von Fausti, die mit dem Kaliber 28.

Ist schon cool, den Eingang der Taunus-Sparkasse zu beobachten. Was und wer da so rein- und rausspaziert: Geschäftsleute mit Köfferchen, Omas mit Rollis, Muttis mit Kinderwagen. Sehr interessant, sag ich dir.

Mein Tipp: Du musst das Ding am Donnerstag durchziehen. Und zwar morgens, da ist in der Monetenbude tote Hose. Der ultimative Zeitpunkt, sag ich dir. Die Moneymaker, die stets im ganzen Rhein-Main-Gebiet zwischen Flughafen und Börse rumtigern, sind da im Hotel beim Frühstück. Die Omis noch beim Einkaufen. Und die Muttis zuhause beim Kinder-Abfüttern.

Dein Plan ist einfach, aber genial. Kurz vor acht fummelst du am Geldautomaten rum. Dass sie dir dein Kärtchen schon längst eingezogen haben, juckt in diesem Fall niemanden. Du wartest, dass der Bankobergonzo die Tür aufschließt. Dann: Maske aufsetzen. Dann: rein in die Bude. Dann: Waffe rausholen, dem Kerl unter die Nase halten.

„Geld her!"

Das musst du ausstoßen wie 'nen Schuss. Laut, knallhart.

Leinentasche über den Tresen feuern. Merkst du was? Leinentasche, nicht Aldi-Tüte, sonst wissen die, wo du einkaufst! Clever, oder?

„Geld da rein, dalli, dalli", ist das Einzige, was du noch sagst. Alles andere läuft wie am Schnürchen. Planung ist die halbe Miete. Und Feeling der Rest, wenn du verstehst, was ich meine.

Wenn der Sparkassengonzo hinterm Tresen all die schönen Scheine reingestopft hat, den Beutel schnappen, Mann, und sich langsam rückwärts zur Tür orientieren. Aufdrücken - und raus. Die Hauptstraße hinunter grooven bis zur Hattersheimer Straße und dort ab ins Gebüsch, das rund um den Schwarzbach wuchert. Kleider wechseln. Leinenbeutel in Rucksack quetschen und als kulturinteressierter Tourist Richtung Bahái-Haus schlendern. Und noch was: Nie ohne Walker. Ohne den läuft nix. Hat schon Müller-Westernhagen richtig erkannt. Wenn ich mit Marius auf Tour war, hat er den Johnnie nicht nur als seinen besten Freund besungen. Da habe ich nach jedem Gig mit der Band dem Johnnie den Hals gebrochen und zwei, drei von seinen Brüdern gleich hinterher. Sag ich dir!

Ein perfekter Plan. Meinst du auch, oder? Und wenn dein Plan so super ist, dann lässt er sich auch verändern, situativ anpassen, verstehst du?

Und wegen des großen Schießprügels musst du einen Mantel anziehen. Kennst du sicher noch, diese langen Dinger. Reichen bis zum Boden, so cowboymäßig eben. Der lange Mantel hat auch den Vorteil, dass er tiefe Taschen hat. Da stopfst du einen Johnnie Walker locker rein. Nimmst aber vorher einen Schluck, oder auch zwei, drei …

Und dann vergisst du den bescheuerten Plan! Du stiefelst einfach rein in die Moneybude und willst loslegen. Doch bevor du was checkst, rammt dir jemand volle Kanne die Tür in den Rücken. Du schreist, fluchst, stolperst und schlägst der Länge nach hin. Der Finger verkrampft sich um den Abzug. Der Hahn schlägt nach vorne, knallt auf den Schlagbolzen, der haut gegen das Zündhütchen, das Nitrozellulosepulver verbrennt den Filzpfropfen und überträgt die volle Kraft auf die Bleikugeln. Heilige Scheiße!

Der Sparkassentresen sieht auf einmal aus wie ein Schweizer Käse.

Was glaubst du, wie du zuckst, wenn du beim Aufstehen plötzlich ein Schwein vor dir hast? Du glotzt noch blöder aus deiner Froschmaske, wenn das Schwein Miss Piggy ist. Und wenn du dem rosa Tier tief in die Augen guckst, erkennst du: Das ist ja deine Ex!

„Was machst du hier?", murmelst du hinter deinem Kermitmaul.

Eine Stunde später sitzt du mit Miss Piggy friedlich am Ufer des Schwarzbachs, während immer mehr jaulende Bullenschleudern durch die Stadt rasen.

„Na ja, das wäre heute unser dreizehnter Hochzeitstag gewesen, und da wollte ich nachsehen, ob du vielleicht schon die längst fälligen Unterhaltszahlungen überwiesen hast", nuschelt Paula hinter ihrer Schnauze. „Du wirst lachen, im Keller meiner neuen Wohnung habe ich eine staubige Miss Piggy-Maske gefunden! Dabei ist mir eingefallen, wie du früher, als du noch der superschnelle Gitarrist warst und vor lauter Alkohol deine Fender-Stratocaster nicht mehr halten konntest, stundenlang über deinem Plan gegrübelt hast, die Taunus-Sparkasse in Hofheim zu überfallen. Na, und letzte Woche habe ich dich vor dem Bistro gesehen, genauso wie es dein Plan gewesen war."

Warum grinst die unentwegt?, denkst du, als du an der Schläfe plötzlich ein kaltes Metallrohr spürst. Dann fährt sie fort: „Weißt du, dass die Kohle, die du spärlich rausgerückt hast, immer viel zu wenig war und dass für mich endlich die Gelegenheit gekommen ist, meine Haushaltskasse ein wenig aufzufüllen? Und jetzt schiebst du mir sofort deinen Rucksack rüber!"

Bankraub, kannst du mir glauben, ist vorbei, wenn dir ein Schwein eine Knarre an die Schläfe drückt.

MARIE

von Leif Tewes

Seit Wochen hatte er sich davor gefürchtet, jetzt standen sie da. Im Dunkel des Novemberabends, am Ausgang des Hofheimer Bahnhofs. Fünf Kerle, zwei kannte er von der Schule. Zuerst hatten sie ihn auf dem Pausenhof angerempelt, beschimpft, bespuckt, hatten „Scheiß Ausländer" und „Ihr seid an allem schuld!" gerufen. Mit Schinken hatten sie ihn beworfen. Nur weil er anders aussah und an etwas Anderes glaubte. Der Lehrer hatte sich umgedreht und weggeschaut.

Doch der Junge wollte nicht aufgeben. Er war hier geboren, hier aufgewachsen und hoffte, eines Tages Marie wiederzusehen.

Doch dann lauerten ihm diese Kerle auf. Sie wussten, dass mittwochs der Sportunterricht spät endete, wenn es schon dunkel war. Wieder schubsten sie ihn, boxten ihm in die Seite, rissen seinen Sportbeutel von der Schulter und warfen ihn ins Gebüsch.

Er lag schon am Boden und wehrte sich verzweifelt gegen die Tritte, als einer der Kerle sagte: „Der hat genug. Kommt, lasst uns unsere Belohnung abholen."

Sie rannten davon, der Junge schluckte Blut, Rotz und Tränen hinunter. Bezahlte Schläger, sicher von dieser neuen Partei. Die gegen Ausländer und Andersgläubige hetzte und deutsche Frauen, die mit ihnen zusammen waren, als „Huren" beschimpfte. Die Reinheit der deutschen Rasse sei gefährdet, behaupteten sie. Ob sich deshalb seine Mutter vom Vater getrennt hatte? Diese Rechten hatten sicher auch seinen Onkel zusammenschlagen lassen, der in der „Antifaschistischen Aktion" aktiv war. Der Junge wusste zwar nicht genau, was der Onkel dort tat, aber ein paar Jahre zuvor hatte sein Vater ihn auf eine dieser linken Demonstrationen mitgenommen. Den Hut tief ins Gesicht gezogen, denn am Straßenrand standen stramme Burschen, fotografierten sie und riefen: „Bald wird aufgeräumt, bald wird ausgemistet, bald wird wieder Politik fürs Volk gemacht!" Der Onkel sagte, diese Faschisten würden Listen führen. Für den Tag, wenn die „Altparteien", wie sie sagten, „abgewirtschaftet" hätten, egal, wie lange die „Lügenpresse" gegen ihre Bewegung anschreiben würde.

Und dann war dieser Tag war gekommen.

Dem Nachbarn, einst Mitglied in der SPD, wurde nach siebzehn Jahren bei den Farbwerken gekündigt. Er sei ein „Volksschädling". Wohin er verschwand, wusste niemand. Marie, die Nachbarstocher, musste in ein Heim nach Idstein. Weil sie immer so traurig schaute, nie redete und irgendwie anders war. Sein Vater hatte gesagt, es gebe da ein neues Gesetz, aufgrund dessen psychisch kranke Menschen eingeliefert werden konnten, weil sie angeblich eine Gefahr für die Gesellschaft darstellten. Sein Onkel saß mittlerweile im Gefängnis, weil er Geld für politische Gefangene gesammelt hatte.

Der Junge zog sich auf die Knie, wischte sich das Blut aus dem Gesicht und tastete seine Arme und Beine ab. Vorsichtig stand er auf, die Knie zittrig, das Luftholen schmerzte in der Seite. Humpelnd schleppte er sich zu dem Gebüsch und zog den Sportbeutel hervor. Ein Lichtkegel streifte ihn, erschrocken drehte er sich um. Ein Auto hielt hinter ihm.

„Ist dir was passiert?", hörte er eine vertraute Stimme. Die Nachbarin und Maries Mutter. Erleichtert schüttelte er den Kopf.

„Komm, ich fahr ich heim", sagte sie, stieg aus und half ihm in den Opel.

„Duck dich", bat sie ihn, als sie losfuhren. „Wenn die sehen, dass ich dich mitnehme, zerkratzen die mein Auto."

Wortlos rutschte er vom Sitz und faltete sich unter Schmerzen in den Fußraum. Der Junge wollte fragen, wie es Marie geht, verschluckte sich jedoch an seinem Blut.

Er zählte die Kurven, erst in die Hauptstraße, vor dem Rathaus links in die Kurhausstraße, dann parkte sie, öffnete ihm die Tür und half ihm aus dem Wagen.

Zuhause wusch ihm sein Vater vorsichtig das Gesicht, betastete seinen Körper und nickte beruhigt. „Nichts gebrochen."

„Warum kann ich diese Idioten nicht bei der Polizei anzeigen?", fragte der Junge. „Einige kenne ich aus der Schule."

Der Vater schüttelte den Kopf. „Die werden das als Schulhofrangelei abtun und am Ende sagen, du seist selber schuld gewesen. Bei meiner Anzeige wegen der zerschlagenen Schaufensterscheibe im Geschäft ist auch nichts herausgekommen."

Er solle ins Bett gehen, sich ausschlafen, und morgen würde alles schon anders aussehen.

Zwei Monate später, im Januar 1937, flohen Vater und Sohn nach Holland. Drei Jahre später wurden beide ins KZ deportiert. Marie starb Ende 1939 in der Heilerziehungsanstalt Kalmenhof durch vergiftetes Essen, wie hunderte anderer Kinder auch. Onkel Karl landete in Dachau und überlebte.

Fünfundvierzig jüdische Hofheimer wurden Opfer des Holocaust.

In der Kurhausstraße sind zwei von insgesamt dreizehn Stolpersteinen in Hofheim zu finden.

Der Überfall auf den Jungen geschah auf den Tag genau achtzig Jahre, bevor die AfD ihren ersten Landesparteitag in Hofheim abhielt.

INGA KNARK, ERIK UND DER ALARM
von Bernd Köstering

Sie waren für zweiundzwanzig Uhr in der Gardinenabteilung verabredet. Erik horchte: alles ruhig. Das Putzgeschwader hatte seine Arbeit offensichtlich beendet. Er kroch aus der engen Lücke zwischen Schrank und Wand hervor, stand auf und sah sich um. Die Werkzeuggürtel hingen in einem Regal, er nahm einen heraus und schnallte ihn um. Er wusste, dass Inga das toll fand. Archaische Träume. Hoffentlich trug sie die Reithose: sein Traum. Erik öffnete die Tür zu den Verkaufsräumen. Es herrschte Dunkelheit, lediglich die Notbeleuchtung verbreitete einen grünweißen Schimmer. Kein Kunde, kein Verkäufer. Er schlich zum Treffpunkt.

Inga saß mit übereinandergeschlagenen Beinen in einem gelben Plastiksessel und nickte anerkennend. „Cool siehst du aus!"

Erik starrte sie an. Wie sie da saß, in ihrer Reithose und ihn mit großen blauen Augen ansah - Wahnsinn!

Inga zeigte auf einen Stoffballen. „Schau mal, hier, der Gardinenstoff, der heißt Inga!"

„Ja", sagte Erik, „in diesem Möbelhaus haben alle Stoffe und Gardinen nordische Frauennamen."

„Aha. Hast du das Stethoskop?"

„Natürlich!" Er zog es unter seinem karierten Hemd hervor.

„Und damit kannst du wirklich den Tresor öffnen?"

„Sicher", antwortete er, „wozu studiere ich sonst Medizin?"

„Na ja, als Kernkompetenz eines Arztes habe ich das bisher nicht betrachtet, aber wenn du meinst."

„Beim Auskultieren mit dem Stethoskop muss man sich konzentrieren und ein gutes Gehör haben. So wie ich ein pathologisches Herzgeräusch erkenne, so kann ich auch hören, ob das Tresorschloss dort einrastet, wo es immer einrastet. Der Splint möchte einfach dort hinein, er kann gar nicht anders, er unterliegt quasi einem natürlichen Zwang …"

„Ist ja gut, ich glaube dir. Wo ist der Plan?"

Erik zog ein zusammengefaltetes Papier aus der Hosentasche und hielt es hoch.

„Den gibst du lieber mir", sagte Inga mit einem unwiderstehlichen Lächeln und schnappte sich den Zettel. „Also los!"

Erik ging voraus. „Bleib am besten hinter mir", sagte er. „Und komm auf keinen Fall in die Nähe der gelben Bodenmarkierungen, dort sind Bewegungsmelder installiert."

„Ach so, du meinst entlang des Rundgangs durch die Möbelausstellung?"

„Ja, genau."

Erik spürte ihre ausgestreckte Hand auf seiner Schulter. Sie folgte ihm, sie vertraute ihm, das fühlte sich gut an. Er bog rechts ab in die Schlafzimmerabteilung. „Die Betten haben übrigens norwegische Ortsnamen."

„Oh!" Inga lachte. „Man kann also in Oslo oder Kristiansand schlafen?"

„Ja, oder in Hammerfest."

„Oh la la!", kicherte sie.

Er blieb vor einem Bett mit blaugemusterten Bezügen stehen. „Schau mal, sieht das nicht einladend aus?"

Sie sah ihn fragend an. „Was meinst du damit? Ich dachte, wir wollten einen Tresor ausräumen."

„Ja, natürlich. Wir stopfen das Geld in zwei Kissenbezüge und verlassen morgen früh das Möbelhaus als zwei ganz normale Kissenkäufer. Zuvor wirst du nochmal einige Zeit auf der Damentoilette verbringen müssen. Aber bis dahin ist noch viel Zeit." Er sah auf die Uhr. „Erst halb elf. Wir können es uns noch bequem machen."

Er kniete sich auf den Boden und zog unter dem Bett eine Kühltasche hervor. „Was meinst du, was ich hier gestern heimlich deponiert habe … ta ta tataaa!" Er nahm eine Flasche Champagner heraus. „Gut gekühlt!"

Sie lächelte. „Du hast ja wirklich an alles gedacht."

Er öffnete die Flasche, goss ein, sie sahen sich in die Augen und stießen an. Kling! Beide setzten sich auf den Bettrand - es war keine andere Sitzgelegenheit in Sicht. Erik sah, wie Inga die Augen schloss, den Mund öffnete, ihre Zunge leicht vorschob, das Glas mit ihren Lippen umschloss und gierig trank. Dann, beide bemerkten es kaum, sanken sie auf die weiche, glatte Oberfläche des Betts, er nahm das Stethoskop und suchte ihr Herz. Eigentlich war er gut in Anatomie, aber jetzt wusste er nichts mehr - gar nichts mehr!

Plötzlich: ein schrilles Geräusch. Zunächst dachte er, es sei eine Alarmsirene, dann realisierte er, dass das Geräusch aus Ingas Kehlkopf kam. Sekundenbruchteile vermutete er einen Lustschrei, verwarf den Gedanken aber sofort wieder, da er noch gar nicht in die entsprechende Region vorgedrungen war und realisierte dann, dass es ein Schrei des Entsetzens war.

„Da!", kreischte sie. „Das Schild!"

Er drehte sich um. „Zur Verwaltung. Meinst du das?"

„Nein, das andere Schild!"

„ACHTUNG: Unser Tresor wird aus Sicherheitsgründen jeden Abend geleert!" Bei den letzten Worten wurde er immer leiser.

Sie stieß ihn von sich. Dabei prallte er gegen den Nachttisch, dessen Schublade sich öffnete. Die Kondome waren unübersehbar.

„Aha!", zischte sie. „Du wolltest also etwas öffnen, nur keinen Tresor!"

Ehe er reagieren konnte, hielt sie schon die Champagnerflasche in der Hand und ließ sie auf seinen Schädel krachen. Erik registrierte noch, dass er in Richtung der gelben Streifen taumelte, dann fielen seine Lichter aus.

Dienstbericht der Polizeistation Hofheim POK Hans Klippan: Am gestrigen Dienstag um 22.42 Uhr wurde in einem Möbelhaus in Hofheim-Wallau durch einen Bewegungsmelder die Alarmanlage ausgelöst. Ich war als Erster vor Ort. Auf dem mit gelben Bodenstreifen markierten Rundweg fand ich in der Nähe der Schlafzimmerabteilung einen bewusstlosen Mann mit einer Platzwunde am Kopf, neben ihm eine leere Flasche, wahrscheinlich das Tatwerkzeug. Da er einen entsprechend gekennzeichneten Werkzeuggürtel trug, gehe ich davon aus, dass er ein Mitarbeiter des Möbelhauses ist.

Weiterhin konnte ich eine Frau namens Inga Knark aufgreifen. Sie versuchte, am Südausgang eine Tür aufzubrechen, offensichtlich wollte sie das Gebäude verlassen. Sie trug einen Grundriss des Gebäudes bei sich, auf dem der Tresorraum markiert war. Weiterhin fand ich ein Stethoskop. Sie hielt es in ihrem Dekolleté versteckt. Obwohl der Tresor sonst aus Sicherheitsgründen jeden Abend geleert wird, befanden sich in dieser Nacht ausnahmsweise zweihundertfünfzigtausend Euro darin, die kompletten Tageseinnahmen. Da der Geldtransporter kurz zuvor in einen Unfall auf der

A3 verwickelt war, konnte die Summe nicht abgeholt werden. Unfallbericht siehe Anlage. Bisher ist unklar, woher Frau Knark wusste, dass ausgerechnet an diesem Abend der Tresor nicht geleert wurde und wie es ihr gelang, den Handwerker zu überwältigen. Sie wurde dem Untersuchungsrichter vorgeführt.

PEINLICHES VERHÖR

von Jürgen Heimbach

Kühl ist es, und feucht. Mike, der älteste der Drei, weist auf seinen lädierten Rücken hin. Tom schweigt. Und Kalle blickt hoch zu der kleinen Öffnung im Mauerwerk, durch die kalte Luft in den Raum zieht.

Er brüllt: „Was ist das für eine verdammte Scheiße!"

Vor fünf Minuten hat der Bärtige einen Tisch durch die schmale Tür geschoben, einen Stuhl dazugestellt.

Wie lange sie in diesem kalten Verlies auf den hohen Pritschen gefesselt liegen, können sie nur schätzen. Sie hatten vor dem Hexenturm gesessen, getrunken, geredet. Warm war es, trotz der vorgerückten Stunde. Sie brauchten nicht in der klimatisierten Luft des Einkaufcenters rumzustehen. Da hatte der bärtige Mann sie angesprochen und eine Flasche rumgehen lassen. Wirklich gutes Zeug. Und dann … Filmriss. Aufgewacht sind sie in diesem Raum. Auf dem Rücken liegend, die Blicke starr zur Decke. Festgebunden. Mit Ketten, die bei jeder Bewegung scheppern. Wie lange sie hier schon liegen: Keine Ahnung. Ihre Schädel dröhnen noch immer.

Das Kratzen des Riegels. Kurzer Lichtschein. Das Schließen der Tür, der Stuhl wird gerückt. Alle drei verrenken ihre Köpfe.

„Reimers?" Tom hat eine Eingebung.

„Das sind doch Sie, Reimers!", wiederholt er, energischer.

Ein Räuspern ist die Antwort. „Jetzt endlich habe ich euch! Ihr Diebe und Schmarotzer."

Kein Zweifel mehr. Das ist Reimers, jetzt mit dichtem Bart, der lange versucht hatte, sie aus dem Center zu vertreiben. Behauptete, sie würden schnorren, pöbeln und die anderen Besucher vergraulen. Ist immer rabiater gegen sie vorgegangen, bis es selbst Winkler, seinem Vorgesetzten, zu viel wurde und er ihn schließlich entlassen hatte.

Mike, Tom und Kalle sind fast jeden Tag im Center. Sie haben keine Arbeit und viel Zeit. Und Kalle, dank der Erbschaft eines unbekannten Onkels, immer Geld. Immer, weil der Onkel in weiser Voraussicht verfügt hatte, dass er das Erbe in überschaubaren Raten ausbezahlt bekommt. Tom gibt viel auf seine Weltläufigkeit. Unnötig zu sagen, dass er nie weiter als nach Wallau gekommen ist.

Und das auch nur, weil er an einem regnerischen Tag vor über zwanzig Jahren in den falschen Bus gestiegen ist. Mike war für drei Jahre weg gewesen. „Weg!", wiederholt er auf entsprechende Nachfragen, seine Beschreibung für das Gefängnis in Süddeutschland.

„Wir beginnen mit dem gütlichen Verhör. Gebt zu, dass ihr Winkler verhext habt!"

„Sie sind ja verrückt, Reimers!" Tom weiß nicht, ob er lachen oder weinen soll.

Zur Antwort schmettert der Bärtige seine Faust auf den Tisch. Das Echo des Schlags wummert zwischen den Wänden hin und her. Dann springt er auf.

„Bekennt ihr euch schuldig?", fragt er, um eine ruhige Stimme bemüht.

Kalle lacht, Mike wendet seinen Kopf ab.

Reimers geht von einem zum anderen. „Bekennst du?" Er beobachtet ihre Reaktionen ganz genau. Achtet auf Verlegenheit, Wechseln der Farbe, Erröten, Erschrecken, Weinen oder Lachen. Wie er es gelesen hat. Alles kann ein Indiz sein.

„Das ist doch krank!", stößt Tom hervor.

„Gut", wendet sich der Bärtige ab. „Dann eben so. Die Konfrontation."

„Was soll das, Reimers?", fragt Kalle. „Machen Sie uns los, dann vergessen wir die ganze Sache!"

Unbeeindruckt nimmt der etwas aus der Schublade des Tisches.

„Daumenschraube!" Nur dieses Wort. Sein Blick wandert von einem zum nächsten.

„Reimers!", brüllt Mike. „Das war bis jetzt ganz lustig, aber nun ist Schluss!" Er bäumt sich gegen die Fesseln auf.

„Peinliches Verhör", erläutert Reimers, getragen. „Ich fange mit dir an." Er legt Mike die Daumenschraube an die rechte Hand.

„Schuldig?", fragt Reimers noch einmal.

„Nein, verdam ..." Das letzte Wort geht in einem Schrei unter.

„Lassen Sie das ..." Kalles Stimme ist kaum zu vernehmen.

Nun legt Reimers ihm die Daumenschraube an, dreht zu. Kalles Schreie werden lauter und lauter, enden abrupt. Er sackt in sich zusammen.

Reimers löst die Daumenschraube ein wenig, beugt sich über Kalles Gesicht, tätschelt dessen Wange mit der flachen Hand. Keine Reaktion.

Er murmelt vor sich hin. „Hexenschlaf", dreht sich um, besieht Mike, untersucht dessen Augen.

„Keine Tränen." Wieder dieses Murmeln, grausamer als das Brüllen. „Der Teufel. Er ist der Teufel."

Damit wendet er sich von den Dreien ab, hantiert am Schreibtisch, plötzlich das surrende Geräusch eines kleinen Elektromotors.

Reimers lacht. „Dann haben wir den ganzen Kreis beieinander. Mike, Tom, Kalle."

Er tritt hinter Mike, packt in dessen Haare und setzt den Rasierer an, schneidet so schnell, dass Mike erst zu schreien beginnt, als die Büschel schon auf dem Boden liegen.

Reimers leuchtet den rasierten Schädel mit einer Taschenlampe ab.

„Der ist pervers", stöhnt Tom.

Reimers lässt sich nicht stören. „Da, da und da."

Bei jedem Wort klopft er mit dem Finger auf eine kahle Stelle. „Das ist der Beweis."

„Das ist ja wie ein … Hexenprozess …" Kalle fällt es wie Schuppen von den Augen. „Ein Hexenprozess. Der Hexenturm, die Folter. Das ist ja krank, Mann, völlig krank." Seine Stimme überschlägt sich. „Am Ende … will … der uns … verbrennen."

Reimers tritt einen Schritt zurück, betrachtet die Drei, sagt dann, völlig ruhig: „Gut kombiniert. Und die gerechte Strafe. Hinter dem Center sind die Paletten schon gestapelt."

TOD UND TEMPEL
von *Leila Emami*

Ich bin ich: Herrscherin aller Herrlichkeiten. Nichts, aber auch gar nichts darf meiner prächtigen Entfaltung im Wege stehen. Ganze Armeen stehen bereit, meine Feinde zu töten: Truppen, sie zu zertreten, andere, sie zu zermalmen, auseinanderzureißen, zu ertränken, zu vergiften und in Stücke zu hacken. Und meine Garden der Lüfte, sie sind meine Boten und tragen die Kunde über mich und meine Liebe über die ganze Welt, damit ich allezeit fortbestehe, bis in alle Ewigkeit!

Es sind die Frommen, die Ästheten, die Menschen mit einem besonders guten Herzen, die mir am eifrigsten dienlich sind, denn ohne mich wäre ihre Welt voller Düsternis. Ich leuchte ihnen zur Belohnung den Weg, schenke ihnen Freude, gebe ihnen ein Ziel und eine Aufgabe für ihr ganzes Leben.

Dass sie mir diesen erhabenen Tempel errichtet haben, ist allzu verständlich, obwohl ich das von niemandem verlangt habe. Aber wie gute Menschen nun mal so sind ... Sie tun alles Erdenkliche für mich, und dieser Tempel spornt sie zu

Höchstleistungen an. So habe ich auch niemals all die Toten und Morde befohlen, doch es liegt einfach in der Natur der Sache, dass ich viele Feinde habe. Diese trachten so sehr nach meinem erlauchten Leben, um sich selbst zu erhöhen und sich an meiner Strahlkraft zu stärken, dass sie von ihrem Ansinnen nur als Tote ablassen.

„O Sohn der Menschen! Lass dir genügen an Mir und suche keinen anderen Helfer, denn keiner außer Mir kann dir jemals genügen", höre ich eine Frauenstimme sagen und freue mich über so viel Weisheit in meinem Garten.

„Was meinst du denn damit, Brigitte?", fragt eine andere Dame.

„Keine Ahnung, das habe ich von einem der Kärtchen vorgelesen, die ich mir eben aus dem Tempel mitgenommen habe. Auf ihnen sind Sprüche des Stifters der Bahai-Religion abgedruckt. Warte mal ... hier steht auch sein Name: Bahá'u'lláh, geboren 1817, gestorben 1892."

„Ach Gott, ich verstehe ja nichts von diesem ganzen Religionskram, aber dieser Tempel, also dieses Gebäude, das hier steht: einmalig! So riesig, so leuchtend, wie aus einem Fantasy-Film. Überhaupt, die ganze Anlage hier am Waldrand:

großartig! Warum sind wir nicht schon viel früher hierher gewandert?"

„Und ich bin die Herrscherin über all diese Herrlichkeit", raune ich und weiß, dass sie meine Stimme mit ihren Ohren nicht wahrnehmen können. Deshalb lasse ich den Wind wirbeln und mit den Sonnenstrahlen die prächtigsten Farben zum Leuchten bringen, sodass sie meine unbändige Freude erkennen.

„Ob die Bahais bei den anderen Religionen gern gelitten sind, Lisbeth?"

„Was fragst du mich, Brigitte? Ich war ja ewig nicht mehr in der Kirche. Ich weiß nicht einmal, wie unser Pfarrer heißt, geschweige denn, was diese Bahais so den lieben langen Tag machen."

„Ich weiß das auch nicht. Aber, meine liebe Lisbeth, wir sollten mehr über diese Leute und ihren Tempel in Erfahrung bringen. Vielleicht kriegen wir auch unsere Männer hierher!"

„Die zwei Couchkartoffeln?"

„Wir werden sie mit diesem herrlichen Park locken, damit sie etwas für das Gärtnern im eigenen Blumenbeet lernen."

„Du hast aber auch Ideen, Lisbeth!"

„Ja, und schau mich an, wie ich in all dieser Herrlichkeit rumlaufe, mit meinen ollen Wanderkla-
motten. Ich fühle mich richtig schäbig an diesem
würdevollen Ort."

Ich würde ihr gerne zuraunen, dass alle Versu-
che, an meine Schönheit heranzureichen, verge-
bene Mühe wären, und dass ... aber ja, endlich! Sie
hat mich erkannt, sie kommt auf mich zu, sie lächelt und ihre Augen sind von Liebe zu mir erfüllt.
Ja, eine weitere Kämpferin für mein Fortkommen
ist gewonnen. Da packt sie mich, ein stechender,
ein tödlicher Schmerz reißt meinen Körper ent-
zwei, ich winde mich, ich strecke meine Dornen
aus, ich ...

„Hach, was für eine schöne rote Rose! Hmmm,
wie die duftet!", ruft sie und steckt ihre Nase in
meinen seidenweichen Körper.

„Schau, Lisbeth, die Rose stecke ich mir an die
Jacke, dann sehe ich wenigstens etwas manierlich
aus, und Herbert kann gleich sehen, was ich mir
für unseren Garten wünsche."

„Entschuldigen Sie, meine Dame", ruft eine mir
sehr vertraute Stimme. Sie gehört meinem ersten
General, der alle meine Feinde ohne Umschweife

beseitigt. Jetzt wird er diese Frau töten und mich retten.

„Sie haben eben eine Rose de Resht gepflückt", fährt er fort, „sie ist eine edle, uralte Rose aus Persien ... Da kam auch unser Religionsstifter her. Diese persische Rose ist sehr duftintensiv."

„Oh ja, solch einen Duft habe ich noch nie erlebt", ruft meine Mörderin und mein General erwidert: „Ich mag es nicht, wenn meine Rosen gepflückt werden, denn lebendige Blumen sind schöner als tote. Und wir alle, die diesen Garten pflegen, arbeiten hart für ihren Erhalt. Aber ich will nicht schelten, ich will Sie nur warnen. Ich habe die Rose, kurz bevor Sie kamen, mit Gift gegen Läuse gespritzt, deshalb wäre es ratsam, nicht an ihr zu riechen", höre ich meinen treuesten Kämpfer sagen, bevor mir die Sinne schwinden.

WENN DER WOLF VOR DER TÜR STEHT
von DC Hubbard

„Ich würde die Finger davonlassen, wenn ich Sie wäre", sagte ich dem schick gekleideten Ehepaar, das vor dem baufälligen Fachwerkhaus in der Burggasse stand.

Die Frau zuckte erschrocken, und beide drehten sich zu mir um. Ich sah, wie sie mich von oben bis unten musterten. Immerhin stand ich da bei herbstlichen zehn Grad Celsius in kurzer karierter Hose und gestreiftem T-Shirt. Der Mann rümpfte die Nase. Ich war ungeduscht und ungekämmt.

„Und Sie sind ...?", fragte er.

„Der Nachbar, ich wohne in dem Haus mit dem rotgestrichenen Fachwerk." Ich deutete hinüber.

„Aha", meinte er. „Und warum sollten wir die Finger davonlassen?"

Ich lächelte geduldig. „Erstens ist es so ziemlich kaputt. Um das herzurichten, brauchen Sie richtig tiefe Taschen, das ist ein Fass ohne Boden." Ich kratzte mich am Hintern. „Und außerdem, ja, wie soll ich es sagen? Es spukt da drinnen."

Beide lachten laut.

„Na, das kann nicht Ihr Ernst sein", sagte die Frau.

„Wieso? Ich kann Ihnen kaum beschreiben, wie das da drinnen poltert! Von nebenan hören wir Frauengeschrei. Im Keller haben sie damals die Hofheimer Hexen gefoltert. Hört sich an, als wären sie immer noch dabei."

„Haben Sie die Polizei gerufen?"

„Ach, nee! Die Polizei kann sowieso nichts machen. Es ist alles schon vor mehr als dreihundert Jahren geschehen!"

Der Mann und die Frau sahen sich mit großen Augen an.

„Danke für die Auskunft", sagte er zu mir. Er nahm seine Frau beim Arm, und sie fuhren in ihrem dicken BMW fort.

Eine Viertelstunde später saß ich in meinem alten Opel und sah zu, wie der Makler erschien. Es war wieder ein anderer, schon der dritte, glaube ich, der seit einem Jahr versuchte, das Haus an den Mann zu bringen. Er blickte immer wieder auf seine Armbanduhr, kein Kaufinteressent tauchte auf. Eine halbe Stunde später stieg er in seinen Porsche und fuhr weg.

Später am Nachmittag fuhren zwei Männer in einem Transporter vor. Sie stiegen aus, schauten sich das Objekt genau an und deuteten auf Arbeiten, die nötig wären. Offensichtlich hatten sie Ahnung. Inzwischen stand ich neben ihnen.

„Wie viel verlangen die jetzt für das Haus?", fragte ich sie.

„Na ja, in der Annonce stand einhundertfünfzigtausend Euro. Vielleicht können wir aber noch etwas machen."

Ich nickte. „Immer noch zu viel für den Haufen."

„Ist wahr, aber das Haus hat schon was", sagte der kleinere Mann.

„Ich kann Ihnen sagen, was es hat. Und das ist etwas, das Sie bestimmt nicht brauchen."

Sie schauten mich perplex an.

Und ich erzählte. „Wussten Sie, was im Dreißigjährigen Krieg hier los war?"

Beide schüttelten den Kopf.

„Das Haus war das Hauptquartier der Schweden. Im schönen Kellergewölbe haben sie Gefangene eingekerkert und gefoltert."

„Nee! Darf nicht wahr sein! Also ein richtiges Stück Hofheimer Geschichte!", sagte der große Schlanke begeistert.

Ich lachte auf. „Ist wirklich wahr. Manche Nächte hört man, wie die Wächter die armen Schweine anbrüllen und traktieren. Die Gefangenen schreien vor Schmerzen. In so einer Nacht schläft niemand in der Straße. Ich weiß es, weil ich nebenan wohne."

„Komm, veräppel' uns nicht", sagte der Kleine.

„Tu' ich gar nicht. Was hätte ich davon?"

Der andere Mann runzelte skeptisch die Stirn. „Also, Harald, ich weiß nicht, wollen wir wirklich auf den Makler warten?"

Das Paar stieg in seinen Transporter und zischte ab.

Ich fuhr dagegen hoch auf den Kapellenberg, um mich zuhause für meinen Termin fertig zu machen.

Um fünfzehn Uhr stand ich wieder vor dem Objekt, dieses Mal geduscht, gekämmt und tadellos angezogen, als der Makler vorfuhr.

„Guten Tag, Sie sind wohl Herr Wolf?", fragte er mich.

Ich nickte und streckte die Hand aus. Wir gingen ins Haus und besichtigten es vom Keller bis zum Dachgeschoss. Es hatte wirklich viele historische Elemente, die für mich unwiderstehlich waren.

„Ich bin interessiert", sagte ich dem Makler. „Nur der Preis, der ist mir etwas hoch."

„Hoch?" Ich sah, wie er mit der Fassung kämpfte. „Herr Wolf, der Preis lag einmal bei dreihundertfünfzigtausend Euro. Für einhundertfünfzigtausend ist es ein Schnäppchen! Die Erbengemeinschaft kann keinen Euro mehr heruntergehen."

Ich nickte verständnisvoll. „Verstehe. Ich biete einhundertvierzigtausend an. Wenn die Herrschaften das annehmen, gibt es einen Notartermin."

Zähneknirschend zückte der Makler sofort sein Smartphone aus der Tasche und rief den Eigentümervertreter an. Er stellte ihm mein Angebot vor. Dann nickte er mehrmals und atmete schließlich heftig aus. „Er akzeptiert."

Eine Woche später unterschrieb ich beim Notar. Danach lud ich den Makler auf ein Glas Prosecco ein.

„Ich frage mich", fing ich an, „warum es mit dem Verkauf so lange gedauert hat. Es war seit über einem Jahr auf dem Markt. Ein so historisches Prachtstück! Einfach unvorstellbar."

Die Nasenlöcher des Maklers weiteten sich vor Wut. „Warum wohl?! Ich habe immer wieder mit

Interessenten gesprochen, die sich das Haus von außen angeschaut hatten. Sie wurden von einem Ungewaschenen aus der Nachbarschaft angesprochen, der die tollsten Geschichten erzählte von gefolterten Hexen und Gefangenen und von Spukgeräuschen aus dem Keller!"

Ich musste lachen. „Was denn? Hatten die Leute etwa Angst vor Gespenstern?"

„Nein! Aber neben so einem Spinner wollten sie nicht wohnen."

DAS PORTRÄT

von Rita Rosen

„Ja, hier hängt es sehr gut."

Ines stand vor dem Porträt. Zufrieden lächelte sie. Es passte gut zu den anderen Bildern im Raum. Ohne Zweifel, das Ehepaar Goslar hatte einen guten Geschmack. Sie sammelten Bilder von Künstlern der Region, die sie dadurch fördern wollten.

Mit den Sektgläsern in der Hand gingen sie zu dritt von Bild zu Bild, betrachteten sie, sprachen darüber. Vor dem Porträt blieben sie lange stehen. Frau Goslar bewunderte die kühne Strichführung, die irritierende Farbwahl, die widersprüchliche Haltung des Mannes auf dem Bild.

„Er will nach vorne schreiten und zögert doch. Sein Kopf ist mutig vorgestreckt, aber seine Augen sind voller Furcht. Hervorragend, wie Sie die Ambivalenz dargestellt haben", sagte sie lobend zu Ines.

Man ging zur Sitzgruppe zurück. Die Sektgläser wurden erneut gefüllt. Ines schaute sich im Zimmer um. Das war nun der Raum in dem berühmten „Blauen Haus" der Kunstsammlerin Hanna Bekker vom Rath, in dem sich in den zwanziger Jahren die Avantgarde der Kunstwelt versammelt hatte. Vor ihrem inneren Auge sah sie Alexej von Jawlensky in dem Sessel in der Ecke sitzen. Sein Gesicht finster wie immer. Er blickte noch mürrischer drein als sonst, denn die Werefkin hatte ihn verlassen, war nicht mit ihm nach Wiesbaden gekommen, blieb in Ascona, wollte sich als Malerin verwirklichen. Diese Weiber. Sobald sie etwas konnten, spielte der Mann keine Rolle mehr. Hatte nicht auch die Frau Hanna ihren Ehemann verlassen? Diesen netten Mann. Warum wohl? Um ihre eigenen Wege zu gehen. Noch eine Verrückte. Mal sehen, wie weit sie es bringen würde.

„Ines, es interessiert mich, leben Sie alleine oder haben Sie Familie?", fragte Frau Goslar.

Verblüfft über diese direkte Frage stotterte Ines: „Ja, also, es ist so, ich lebe zurzeit noch alleine, aber ich werde demnächst heiraten."

„Das ist gut", sagte Frau Goslar, „das Leben zu zweit ist so viel reicher als das Leben allein." Sie nahm die Hand ihres Mannes und streichelte sie zärtlich.

Zufrieden lächelnd schaute er sie an und wandte sich dann wieder an ihren Gast. „Wie sind Sie zur Kunst gekommen, verehrte Ines?", fragte er.

Sie zögerte, holte tief Luft und begann erregt: „Ach, das ist eine lange und schmerzhafte Geschichte. Ich habe schon als Kind gerne gezeichnet, in der Schule setzte sich das fort. Eine Lehrerin förderte mich. Aber als es darum ging, Kunst zu studieren, verweigerten mir die Eltern die Unterstützung. Ich musste eine Lehre bei der Bank machen. Diese Zeit war sehr schwer für mich. Gezeichnet habe ich damals kaum noch."

„Was Eltern alles anrichten können", meinte Herr Goslar kopfschüttelnd, „aber Sie haben nicht aufgegeben, das ist zu bewundern. Der Welt wäre sonst sehr viel Schönes entgangen."

„Danke", sagte Ines erfreut, „ich fand dann doch noch den Weg zur Kunstakademie. Und erhielt ein Stipendium. Das war der Durchbruch. Seitdem male ich."

„Wir können uns darüber freuen", nickten beide und schauten zu dem Porträt.

Ines stand auf. „Es ist schon spät geworden. Ich muss nun gehen. Es war ein schöner Abend."

Das Ehepaar bestätigte dies kopfnickend.

„Es ist immer interessant, die Künstler persönlich kennenzulernen."

Herr Goslar begleitete Ines bis vor die Haustür. Händeschüttelnd verabschiedete er sie. Dann klingelte das Telefon, seine Frau rief nach ihm, und er ging ins Haus zurück. Die Tür fiel zu. Summend lief Ines in Richtung Gartenpforte.

Plötzlich trat er ihr in den Weg.

„Wo ist mein Bild?"

„Dein Bild? Es ist mein Bild, und es hängt im Blauen Haus. Einen besseren Platz hätte es nicht finden können."

„Das Bild bin ich."

„Immer so theatralisch."

„Es ist das Unterpfand deiner Liebe, unserer Liebe. Hast du nicht gesagt, dass du es nie weggeben könntest?"

„Ich muss Bilder verkaufen. Von was soll ich sonst leben?"

„Aber nicht dieses. Du verrätst unsere Liebe."

„Michael, hast du vergessen, dass wir uns getrennt haben?"

„Du hast dich von mir getrennt. Ich nicht von dir."

„Ich liebe dich nicht mehr. Und bevor du es von anderen erfährst: Ich habe eine neue Liebe."

„Ach, darum konntest du dich so schnell von meinem Bild trennen. Und wer ist es?"

„Dietmar."

„Was - mein bester Freund?"

„Ja, er ist nicht so ein elender Zauderer wie du."

Sie wollte an ihm vorbei. Er packte sie am Arm und zog sie zu sich.

„Ich konnte nicht. Ich war noch nicht reif für die Ehe."

„Aber Dietmar ist es", rief sie triumphierend, „wir haben uns verlobt und werden bald heiraten."

Er heulte auf. „Du hast mein Leben zerstört. Meine Liebe, meine Freundschaft. Du bist ein Ungeheuer."

Er holte zum Schlag aus.

„Beherrsche dich!"

„Hol das Bild da raus!"

„Ich denke nicht dran!"

Sie war völlig überrumpelt, als er gewaltsam ihre Arme packte und auf den Rücken drehte, sie fest umklammerte.

Sie stöhnte auf vor Schmerz, versuchte sich zu befreien. Vergebens. Sie stolperte als er sie roh den Pfad hinunterstieß und unter den üppig blühenden Rhododendron warf. Sie spürte die Tritte seines

Fußes im Nacken und kurz darauf den Schlag mit dem Stein auf ihrem Kopf. Ihr schwanden die Sinne.

Sie lag lange dort. Herr Goslar entdeckte sie, als er den Gartenpfad kehrte.

DER TOTE CHINESE VOM CHINONPLATZ

von Belinda Vogt

„Sofort den Tatort absperren!"

Mein Kollege, Kriminalhauptkommissar Martin Weigand, fuchtelte mit den Armen in der Luft herum, während sich die Einsatzkräfte der Hofheimer Polizei beeilten, den Parkplatz vor dem Chinon-Center mit rot-weißen Bändern zu sichern. Auf dem Fahrersitz eines schwarzen Audi saß das Opfer, ein Asiate, den ein paar Jugendliche am Morgen entdeckt hatten. Jetzt starrte uns der Mann mit erloschenen Augen an. In seinem Hals klaffte eine hässliche Wunde, offenbar verursacht durch einen dünnen Draht, der ihm die Kehle durchtrennt hatte. Kein schöner Anblick, das können Sie mir glauben.

„Er scheint vor Kurzem etwas unterschrieben zu haben." Ich deutete auf die Tinte an seinem Zeigefinger.

„Gut beobachtet, Maritta", meinte Weigand ironisch. „Du bist echt ein weiblicher Sherlock Holmes."

Dann rauschte ein Kleinbus heran, und die Kollegen von der Spurensicherung aus Wiesbaden

stiegen aus. Schnell war ein weißes Zelt aufge-
stellt, Koffer, Nummernschilder, Fotoapparate und
jede Menge Overalls wurden ausgepackt, und die
Leute begannen mit ihrer Arbeit.

Wie sich herausstellte, handelte es sich bei dem
Toten um einen Mister Wang, laut Pass chinesi-
scher Staatsbürger, der offenbar bereits auf dem
Heimweg gewesen war. Jedenfalls deuteten der
Koffer in seinem Mietwagen und das Flugticket
nach Tianjin darauf hin. Außerdem fanden wir in
seiner Aktentasche einen Kaufvertrag zwischen
der Firma Shandong Real Estate und dem Bäckermeister Klaus-Peter Herzog. Was auffiel: Herzogs
Unterschrift fehlte, mit der er sein altes Fachwerkhaus an den Chinesen verkauft hätte.

„Wusstest du, dass die Stadt Hofheim seit dem
Mittelalter viele verschiedene Besitzer hatte?",
meinte ich, während die Leiche abtransportiert
wurde. „Zuerst gehörte sie dem Grafen von Fal-
kenstein, dann dem Mainzer Bischof, der sie aber
gleich wieder verpfändete. Sie ging dann nach
Eppstein und für teuer Geld zurück an Mainz.
Dann kamen ..."

Weigand hob abwehrend die Hand. „Bitte, Maritta, das ist doch jetzt wirklich nicht wichtig."

Von wegen. Geschichte spielt hier eine große Rolle, besonders das Alter der Häuser. Weigand hatte wieder mal keine Ahnung, ich aber wohne hier, Hofheim ist meine Stadt.

Wir statteten also dem Bäckermeister einen Besuch ab und konfrontierten ihn mit der Tat. Wie zu erwarten, stritt er alles ab: er sei Mister Wang gar nicht begegnet und habe ihn erst am Abend erwartet. Außerdem sei Mister Wang seit vielen Jahren ein geschätzter Kooperationspartner des deutsch-chinesischen Freundschaftsvereins und sein persönlicher Freund. Selbst als wir den blutverschmierten Kuchendraht in seiner Backstube fanden, leugnete er weiterhin den heimtückischen Mord.

„Du kennst mich doch, Maritta", flehte er mich an. „Ich würde nie einen Menschen umbringen."

Ich lächelte kalt, als sie ihn abführten.

Natürlich kannte ich Herzog. Als Vorsitzender unseres Vereins hatte er mich ein ums andere Mal abblitzen lassen, wenn ich mein Haus ebenfalls an das chinesische Konsortium verkaufen wollte. Die Chinesen seien nur an den ganz alten Objekten interessiert, meinte er dann hochnäsig, und meines sei aus dem 19. Jahrhundert, also einfach zu neu und passe somit nicht in das Gesamtkonzept.

Seit fünfzehn Jahren geht das schon so: Die Leute verkaufen ihre Fachwerkhäuser für eine astronomische Summe an die mittelalterverrückten Chinesen, und unter dem Deckmantel der Sanierung werden die Häuser still und heimlich ausgetauscht. Fragen Sie mich nicht, wie sie das machen, aber sobald riesige Planen ein Gebäude einhüllen, entnehmen Handwerker jeden Stein, jeden Balken, jede Schnitzerei, jede verwitterte Tür und jedes verzogene Fenster und ersetzen sie mit einer vorgefertigten Kopie aus China. Inklusive der eingravierten Jahreszahlen und den unverkennbaren Spuren des Alters. Nicht zu unterscheiden vom Original. Besonders schwer, so hieß es im Verein, sei die Rekonstruktion der schiefen Fassaden, aber auch das bewältigen die chinesischen Architekten mit ihrer einzigartigen Fähigkeit zur Imitation.

Die echten Hofheimer Häuser werden nach und nach verschifft und zieren heute ein idyllisches Tal in der Provinz Shandong mit Blick auf das Gelbe Meer. Fast die gesamte Altstadt steht dort - als Freizeitpark für das einfache chinesische Volk.

Den meisten Hofheimern macht es nichts aus, dass sie nur noch in Kopien leben. Hauptsache, die Kasse stimmt. Und ich soll auf meinem schönen Haus sitzen bleiben, während andere bei den Chinesen absahnen? Nein, irgendwann musste Schluss sein. Schluss mit Mister Wang, Schluss mit Klaus-Peter und den anderen Profiteuren aus dem Freundschaftsverein, die mit der fetten Kohle aus dem Chinageschäft ihren Bauch in die Sonne der Karibik halten.

Es war leicht, den blutigen Kuchendraht in Klaus-Peters Backstube zu verstecken, sodass die Kollegen ihn finden. Jetzt wandert der Bäckermeister in den Knast, und für mich beginnt eine gänzlich neue Ära.

Ich habe schon Kontakt mit Dr. Kim aus Seoul aufgenommen, und er hat mir versichert, dass für die Koreaner jedes verfügbare Haus infrage käme, auch meines. Und für die Stadtmauer würde er noch einen extra Batzen drauflegen.

RUHE IN FRIEDEN

von Peter Jackob

Der Wecker schlug Alarm, halb neun. Verdammt, er hatte vergessen ihn auszustellen. Und das heute am Feiertag - an Allerheiligen, an dem man in Rheinland-Pfalz nicht arbeiten musste. Bekker wollte sich noch einmal umdrehen und weiterschlafen.

„Komm Schatz, aufstehen! Geh' schon mal duschen, und ich mache uns Kaffee."

„Was, Kaffee? Wir haben doch frei und können noch ein bisschen liegenblieben."

„Sag nur, du hast es vergessen!"

Bekker schoss alles Mögliche durch den Kopf, aber er kam einfach nicht drauf. Ihr herausfordernder Blick verriet ihm, dass es etwas ganz Besonderes sein musste.

„Gib's zu, du weißt nicht mehr, was wir vorhaben."

„Doch schon, ich komm nur grad' nicht drauf."

Erna lachte. „Ikea" trällerte sie mit süßlichem Klang.

Ein unendlich lang gezogenes „Ohhhhh ja" zeigte seine grenzenlose Begeisterung.

„Komm, Schack, versprochen ist versprochen. An einem neuen Schrank führt echt kein Weg vorbei."

Wie konnte man sich eigentlich einen gesetzlichen Feiertag nur so versauen und in einem anderen Bundesland einkaufen gehen. Das hatte er noch nie verstanden. Aber für einen Ausflug in solch ein Möbelhaus gab es wohl nie den perfekten Zeitpunkt. Mit einem tiefen Seufzer rollte der Kommissar der Mainzer Mordkommission aus dem Bett und schlurfte ins Bad.

Zum Glück war noch nicht viel Verkehr, es lief ausnahmsweise gut auf der A66 und die Ausfahrt „Wallau" musste jeden Moment kommen. Da, die ersten Bremslichter auf der rechten Fahrbahn. Natürlich staute sich schon alles auf der Abbiegespur. Oh nein, Bekker ahnte, welches Elend ihn erwartete. Erna und er waren nicht die Einzigen mit dieser glorreichen Idee, ausgerechnet heute zu den Schweden zu fahren. Unnötig zu erwähnen, dass auch der Parkplatz nicht gerade verwaist aussah.

„Da braucht man wirklich gute Nerven", stöhnte Bekker.

Aber online shoppen kam für ihn nicht in Frage. Wie gerne wäre er jetzt auf den Meisterturm geflohen, 292 Meter über dem unsäglichen Möbelhaus, weit weg von allem und über den Dingen. Auch wenn das harte zehn Minuten Aufstieg bedeuten würde, es wäre nichts im Vergleich zu einhundert Minuten Möbellabyrinth.

„Woran denkst du gerade?", fragte Erna.

„Wenn du es genau wissen willst: an einen schönen Schoppen in der Waldgaststätte auf dem Hausberg von Hofheim."

Sie ignorierte seine Bemerkung und ging durch die Drehtür.

„Was für ein toller weißer Schrank!", schwärmte Erna.

„Ist der nicht viel zu riesig, was soll denn da alles rein?"

„Merk dir schon mal Brimnes!"

Brimnes, Brusali, Hemnes … wie sollte sich nur ein Mensch diese komischen Namen merken können. Es hieß, die Wahl der skandinavischen Namen sei darauf zurückzuführen, dass der Gründer des Möbelhauses sich keine Zahlen merken konnte.

„Oh, schau mal, der hier ist auch schön und etwas zeitloser."

Bekker las das Schild namens „Pax".

„Der ist ja noch viel größer."

„Mach doch erst mal die Türen auf und schau, wie er von innen aussieht", ermunterte ihn Erna.

Das hätte er besser nicht gemacht. Wäre er nur an diesem Schrank vorbeigegangen, es verschlug ihm die Sprache. Bekker streckte den Kopf hinein und sah einen alten, leblosen Mann eng zusammengekauert in der Ecke sitzen. Bekker rüttelte ihn an der Schulter, aber keine Reaktion. Er wollte seinen Puls fühlen - zu spät. Der Mann, der da in einem dunklen Anzug saß, war tot.

Erna hatte alles genau verfolgt. „Schack, mach sofort die Tür zu, da kommen Leute!"

Mit einer schnellen Bewegung schob der Kommissar die Schiebetür zu und holte sein Handy raus. Natürlich kein Netz.

„Erna, bleib du hier und pass auf, dass niemand an den Schrank geht. Ich will keinen Aufruhr. Wir übergeben das an die Kollegen in Hofheim, ich kümmere mich darum. So was hat mir gerade noch gefehlt."

Als Bekker verschwunden war und sich keine Besucher mehr in der Nähe befanden, öffnete Erna die Tür einen Spalt und musterte das Opfer so gut es eben ging. Sie entdeckte einen Zettel, der aus der Brusttasche seines Sakkos ragte. Mit einem Taschentuch zog sie das Blatt heraus, schob die Schranktür wieder zu und begann zu lesen.

Es dauerte nicht lange, bis Bekker zurückkam.

„Ich habe mit der Polizeidienststelle in Hofheim alles geklärt, wir warten nur noch, bis die Kollegen gleich hier sind, und dann nichts wie raus. Mir ist nicht mehr nach Brumsik, Brumswig oder wie die Dinger auch heißen, für heute bin ich bedient. Wer macht nur sowas Grauenhaftes, widerlich."

Er sah, dass Erna Tränen in den Augen hatte.

„Wir suchen keinen Mörder, Schack!"

Dann las sie ihm vor, was auf dem Zettel stand:

Liebste Alma,

Meine Ruh ist hin,
Mein Herz ist schwer;
Ich find sie nimmer
Und nimmermehr.

So will ich gehen,
Denn du bist fort;
Ich zieh zu dir, mein Stern,
An diesen fernen Ort.

Für immer dein!

Bekker atmete tief durch.

„Das klingt doch irgendwie nach dem guten alten Goethe. Aber sag mal, gibt es keinen besseren Ort, als sich ausgerechnet hier in einen Schrank namens Frieden zum Sterben zu setzen?", fragte er Erna.

„Weiß nicht, aber was, wenn die Liebe deines Lebens aus Schweden stammt, vor dir geht und du endlich Frieden finden willst."

DIE HAARE DER FRAUEN
von Marga Rodmann

Die beiden Frauen laufen plaudernd durch den Wald. Vollkommen mühelos bewältigen sie den Anstieg. Sie schnattern wie zwei Gänse und gestikulieren mit den Händen. Beide sind sie blond. Eine hat wilde Locken. Die Andere lange, glatte Haare. Ganz unterschiedlich. Und doch so ähnlich.

Kurz bleiben sie stehen. Lauschen. Ein Geräusch aus dem Gebüsch ist trotz ihres Redens zu ihnen durchgedrungen. Ein Knacken. Ein Schnaufen. Angestrengt blicken sie dorthin. Aber sie sehen nichts.

„Komm, lass uns weitergehen", sagt die Lockige.

„Ja. Eine Wildschweinmutter würde sich nicht verstecken, und mit allem anderen werden wir fertig." Die Andere lacht und wirft ihre langen, glatten Haare nach hinten.

Zielstrebig gehen sie am Waldgasthof vorbei und streben dem Meisterturm zu, der über die Bäume hinausragt. Dort angekommen, halten sie kurz inne und sehen sich an.

„Wettrennen?"

„Wettrennen!"

Sie rasen die zahllosen Stufen hinauf, die sich in einer offenen Spirale nach oben schrauben, kommen gleichzeitig oben an und lachen. Schwer atmend lehnen sie sich an das Geländer und genießen mit flatternden Haaren den Rundblick.

Die Lockige zieht eine Flasche aus der Tasche. Ihre Locken bewegen sich im Wind und verdecken ihr Gesicht.

„Jetzt feiern wir unser Wiedersehen. Als Kinder waren wir oft hier oben, weißt du noch? Seitdem ist so viel passiert."

„Ja. Sehr viel. Aber jetzt haben wir uns wiedergefunden."

Sie umarmen sich lange. Dann öffnet die Lockige die Weinflasche und gießt Rotwein in zwei Gläser, die die Andere aus ihrem Rucksack gezogen hat.

Die Menschen, die sich bei dem Meisterturm befinden, sind in heller Aufregung. Irren panisch umher. Glotzen. Vor allem ein junger Mann, dem die Frau vor die Füße gefallen ist. Ganz unvermittelt kam sie von oben angeflogen. Und nun liegt sie mit zerschmetterten Knochen vor dem Kerl. Ihre wilden Locken scheinen um sie herum zu tanzen. Doch jegliches Leben ist aus ihr gewichen. Was für ein erregender Anblick.

Jetzt kommt die Glatthaarige angerannt. Nachdem sie endlich aufgehört hat zu schreien, hat sie sich in Bewegung gesetzt. Unten angekommen drängt sie sich durch die Menschenmenge und wirft sich vor dem leblosen Körper auf den Boden.

„Ellie", kreischt sie und rüttelt an der Toten.

Jemand zieht sie zur Seite. Der junge Mann steht immer noch mit weit aufgerissenen Augen da.

Sirenen ertönen. Die Hofheimer Polizei ist im Anmarsch.

Die Beamten versuchen, das wirre Chaos zu bändigen und die Menschen aus dem Weg zu schaffen. Ein Krankenwagen trifft ein.

Der junge Mann und die Frau werden zu einer Bank geführt und dort befragt. Der Typ stammelt nur unzusammenhängendes Zeug. Ist viel zu schockiert und hat nichts gesehen. Die Frau redet und redet. Auch die anderen Gäste rund um das Ausflugslokal werden befragt. Wahrscheinlich, ob und was sie gesehen haben.

Er hört nicht, was sie sagen, denn er hat sich tiefer in den Schatten zurückgezogen. Er muss abseits bleiben. Anonym. Ungesehen. Er war allen immer einen Schritt voraus, und so soll es jetzt auch bleiben. Ganz kurz war er unvorsichtig. Da hätten die beiden Frauen ihn fast entdeckt.

Aber sie waren unaufmerksam.

Die Glatthaarige erhebt ihre Stimme, berichtet der Polizei von ihrem Treffen mit der Freundin. Vorsichtig schleicht er näher heran. Er ist es gewöhnt, mit den Schatten zu verschmelzen und lautlos voranzupirschen. Dafür war die Zeit beim Militär sehr hilfreich.

„Aber das passt nicht zusammen. Sie müssen doch etwas mitbekommen haben." Der Beamte, der mit ihr spricht, sieht sie mit zusammengekniffenen Augen an.

„Wie gesagt, ich war dabei, die Scherben aufzusammeln. Und dann ging alles so schnell." Sie wickelt eine Haarsträhne um ihren Zeigefinger, wie er es schon oft bei ihr gesehen hat.

„Und wie kam es dazu, dass das Glas zerbrach?"

„Das habe ich doch schon erzählt."

„Dann erzählen Sie es bitte nochmal."

„Ich bin anscheinend gegen das Geländer gestoßen. Erst dachte ich, ich wäre angerempelt worden. Aber da war niemand."

„Und wo war Ihre Freundin zu dem Zeitpunkt?"

„Sie saß auf der Ecke des Geländers."

„Sehr unvorsichtig."

Das reicht ihm. Er hat genug gehört und zieht sich zurück. Die Polizei nimmt sie in die Mangel. Glaubt ihr nicht. Gut so. Genau das hat sie verdient.

Die beiden waren so sehr mit sich selbst beschäftigt, dass sie ihn gar nicht bemerkt hatten. Nicht einmal, nachdem er die Glatthaarige angerempelt hat. Die Scherben kamen ihm zugute. Lenkten sie von ihrer Freundin ab. Und ehe sie sich wieder aufrichtete, war die Andere weg. Ha! Auch die hatte es ihm leicht gemacht. Er brauchte nur ein wenig zu schubsen, und schon begann ihre Talfahrt.

Und nun hat die Glatthaarige ihre gerechte Strafe erhalten. Ihn hat sie abgelehnt, hat ihn ausgelacht und einfach stehengelassen. Er glaubte, seine Chance würde noch kommen, bis er sie mit der Lockigen gesehen hat.

Zu eng. Zu innig. Ekelhaft.

Plötzlich taucht ein zweiter Polizeiwagen auf. Zwei Frauen mit zwei Schäferhunden steigen aus. Ehe er reagieren kann, ist einer der Schäferhunde bei ihm und schlägt an, gefolgt von einer

Polizistin. Verdammt. Das hätte er kommen sehen müssen. Wie konnte er nur so unbedacht sein?

Schnell beruhigt er sich wieder. Die Glatthaarige würde ihn nicht wiedererkennen. Mit Bart und ohne seine wilden Locken sieht er völlig anders aus. Spuren hat er auch keine hinterlassen. Also entspannt er sich und tritt gelassen hinter der Polizistin auf die Lichtung. Ihr langer blonder Pferdeschwanz wippt verführerisch in ihrem Nacken.

DIE NEUN PFORTEN DER RACHE
von Dietmar Thate

„Ich komme mir vor wie ein verdammter Gärtner."

Mike stocherte hastig im Mondlicht auf Knien mit einer kleinen Handschaufel im Beet herum. „Alter, wenn sich das nicht lohnt, kriegst du voll Ärger", zischte er noch leise hinterher.

Ali legte den Kopf leicht zurück: „Der Spacken war voll breit, als er mir das im Knast geflötet hat. Ich schwör, der hat die Kohle von seinem Bruch hier in so ein verschissenes Beet eingebuddelt. Fünfzigtausend, dafür mach ich mich gerne dreckig."

„Alter, der Idiot hätte auch lallen können, in welchem Beet!" Mike hieb dabei das Schäufelchen in die Erde, als würde er ein Messer in seinen Kumpan rammen.

„Bruder, bleib cool. Am Tempeleingang ist das Geld vergraben. Das hat der mir ins Ohr gelabert. Woher soll ich wissen, dass dieser scheiß Bahai-Tempel wie 'ne Zitronenpresse aussieht und neun Eingänge hat. Ich war noch nie in dem verdammten Hofheim!"

„Schrei nicht rum, das nächste Haus ist keine zweihundert Meter weg."

Sie schwiegen einen kurzen Moment. In der Ferne bellte ein Hund, irgendwo mitten in Langenhain.

„Alles klar Mann, weitermachen", befahl Ali seinem Kumpel.

Verbissen hackten beide mit einer Eisenstange und der kleinen Schaufel in das gemulchte Beet zwischen die Lavendelstauden. Plötzlich gellte das schrille Läuten eines alten Telefons durch die Nacht. Hastig ließ Ali den Eisenstecken fallen und wühlte sein abhörsicheres Nokia aus der Hosentasche, nahm eilig den Anruf an.

„Ja?", flüsterte er ungeduldig. Die Antwort ließ seine Miene versteinern. Angespannt hörte er auf seinen Gesprächspartner. Der ließ ihn offensichtlich nicht zu Wort kommen. Immer wieder öffnete Ali kurz den Mund, ohne die Chance einen Satz erwidern zu können. Dabei weiteten sich seine Augen, bekamen einen Ausdruck von Überraschung über Panik bis zu nackter Angst. Mike schaute ihn fragend an, doch Ali wich seinem Blick aus, schüttelte seine Hand ab, mit der er ihn an der Schulter gepackt hatte. Kurz darauf ließ er den Arm sinken, das Handy wurde wieder dunkel.

„Was geht hier ab?", fuhr Mike ihn ärgerlich an.

„Schnauze, geht dich einen Scheißdreck an, mach weiter! Wir haben nicht ewig Zeit."

„Idiot."

„Los, weitermachen!"

Mike rammte mit der Schaufel wieder heftig in die Erde. „Wenn du mich verarschst, Alter …" Mehr fiel ihm im Moment nicht ein, und er stocherte verbissen weiter.

Ali stach mit seiner Eisenstange rasend auf das Beet ein. „Verdammte Scheiße, wo ist die Dreckskiste mit dem Geld? Acht Beete und nix. Ich werd‘ noch irre!"

Sie bedeckten das Beet wieder grob mit Rindenmulch und eilten zum neunten Eingang.

Sie hatten die Anlage fast vollständig durchwühlt, da läutete wieder das Handy. Doch auch diesmal brachte Ali nicht mehr hervor als: „Bleibt cool. Ich beeile mich."

Mike blaffte ihn ungeduldig an. „Was ist los? Die Sache stinkt, Alter!"

„Gib Gas, Bruder, dann ist alles okay."

„Ich lass mich nicht verarschen, ich will zwanzigtausend, sonst mach ich keinen Handschlag."

„Zehntausend, wie ausgemacht. Hau rein, ist viel Kohle für eine Nacht!"

„Scheiße, sag wenigstens, was los ist!"

„Arschloch. Was glaubst du? Ich schulde ein paar Leuten Geld. Und jetzt haben sie meinen verdammten Köter. Die machen den kalt, wenn ich nicht bis zum Morgen zahle."

„Wegen der Scheiß-Töle machst du so eine Panik?"

„Der Bullterrier hat meinem Vater gehört …"

„Fuck! Aber egal, weiter."

Mike hörte ein deutliches metallisches Scheppern, als Ali erneut seine Eisenstange in den Boden rammte. „Da ist was!"

Gierig wühlten beide mit Schaufel und Händen die Erde beiseite. Silberfarbenes Blech schimmerte ihnen entgegen. Na, endlich! Mit andächtigem Blick hob Ali einen verdreckten Metallkoffer aus dem Boden und ließ die Schlösser aufschnappen. Dabei schaute er Mike triumphierend an.

Im Koffer lag eine große schwarze Plastiktüte, fest mit Paketband umwickelt. Ali zückte ein Taschenmesser und durchtrennte das Klebeband.

Kaum hatte er die Tüte aufgerissen, fiel ihm ein ganzer Stapel Anzeigenblätter entgegen. Er durchwühlte das Papier - nichts als alte Zeitungen. Ganz unten schließlich ein weißer Briefumschlag. „Für Alois Huber" stand groß darauf.

Er riss ihn auf und zog einen handgeschriebenen Zettel hervor. Beim Lesen wurde seine Gesichtsfarbe bleicher als der Mond.

„Was ist das für eine verdammte Scheiße?", schrie er.

„Rede endlich!" Mike drehte langsam durch.

Wortlos hielt Ali ihm den Brief hin. Der Text war kurz und knapp: „Ali, du hast mich oft genug im Knast verarscht und gequält. Heute bist du dran. Ich hoffe, du hattest viel zu buddeln."

„Verdammt", brüllte Mike, „jetzt lass dir einfallen, wie ich an meine Flocken komme. Das war hier kein Freundschaftsdienst!"

„Lass mich in Ruhe mit deinen paar Kröten. Wir haben jetzt beide null. Und ich ein Riesenproblem." Wieder läutete das Telefon.

„Ich brauche mehr Zeit", stammelte Ali, dann hörte er mit zusammengezogenen Brauen zu. „Ich besorg die Kohle", flehte er, „ich schwöre. Nur ein paar Tage noch. Bitte!"

Nach kurzer Stille war ein durchdringendes Jaulen zu hören, schwoll an, wurde immer schriller und erstarb schlagartig.

SEEMANNSGARN UND MANDELKERN
von Thorsten Weiß

Ich singe. Shantys. Nicht in Emden oder Stralsund, sondern im Shanty-Chor „Flache Flundern" in Hofheim am Taunus. Haben Sie schon einmal „Wo die Nordseewellen" am Ufer des Schwarzbachs gesungen? Glauben Sie mir, maritim geht anders. Kieler Woche oder Hamburger Hafengeburtstag, das wär's mal. Stattdessen stehen wir wie jedes Jahr auf der Bühne des Hofheimer Weihnachtsmarkts und singen „Kling, Glöckchen, klingelingeling" und „O Tannenbaum". Gerne untermalt von den schrillen Stimmen junger Mütter, die bei frühlingshaften Temperaturen neben kleinen Schneeanzugknäueln hocken und wahlweise „der Opa, guck, der Opa" oder „da ist der Papa" rufen. Heulbojen nennen sie einige von uns Shantys.

Noch schlimmer aber ist, dass mein Gaumen die letzten zwanzig Konzertminuten gegen den klebrig-süßen Geruch frisch gebrannter Mandeln ankämpfen muss. „Rockin' around the Christmas Tree" aus den Kehlen von fünfundvierzig Shantysingenden Mittelgebirgsbewohnern ist per se grenzwertig, mit trockenen Kehlen wird es zur musikalischen Beleidigung.

Seit Jahren bitte ich Massimo vom Café Rebecca, an seinem Mandelstand mit dem Kandieren bis nach unserem Auftritt zu warten - vergeblich. Dem Stiefelbäcker werde ich jetzt mal gepflegt die Meinung geigen!

Ich springe von der Bühne und nehme Kurs auf Massimos Mandelstand, da sehe ich aus dem Augenwinkel, wie sich jemand an der seesackgroßen Handtasche einer der Heulbojen zu schaffen macht, die Geldbörse herauszieht und in seinem Parka verschwinden lässt. Ich will mir den Langfinger greifen, als ich plötzlich zu Boden gehe. Neben mir liegt ausgerechnet Massimo, der sauber in mich reingerasselt ist. Hinter ihm verschwindet der Taschendieb gerade in seinem Café.

„Klaas, porca miseria", fängt Massimo sofort an. „Wenn du wieder willst Ärger machen wegen die Mandeln …"

„Massimo", unterbreche ich ihn, „darüber streiten wir später. Jetzt interessiert mich nur das Diebespack, das gerade deine Kuchenkaschemme heimsucht."

„Meine Café isse anständiges Haus, keine Räuberhöhle!“, regt sich Massimo auf.

„Massimo, alter Stiefelbäcker, daran zweifle ich nicht einmal bei einer levantinischen Krämerseele wie dir. Aber ein Taschendieb ist just in dein schnuckliges Café geschlüpft.“

Massimo schaut mich so ungläubig an, als hätte ich ihm die Ankunft der Erlöserin verkündet.

Da helfen nur direkte Ansagen. „Ich gehe jetzt rein und schnapp ihn mir. Du bleibst hier draußen und sicherst den Ausgang.“

Das Rebecca ist besser besucht als unser Konzert, alle Plätze sind besetzt. Ich scanne den Raum. Den Langfinger entdecke ich an der Garderobe, Mäntel und Jacken systematisch durchsuchend. Ich nähere mich vorsichtig und will gerade zupacken, da wirft er mir einen schweren Wollmantel über den Kopf und stürmt vorbei. Massimo genau in die Arme - hoffe ich. Doch als ich mich aus dem Mantel befreie und den Ausgang erreiche, sehe ich, wie Massimo draußen am Mandelstand Süßholz mit einer der Heulbojen raspelt: Bella bambina, bella mamma und ähnlichen Unsinn, der Frauen bei Italienern dahinschmelzen lässt.

„Massimo", frage ich ungläubig, „wo ist der Taschendieb?"

„Isse gelaufen da lang", antwortet Massimo ohne die geringste Spur von Zerknirschung und zeigt auf die englische Telefonzelle, die hier in Hofheim als Bücherschrank dient.

„Taschendieb", kreischt die Heulboje neben Massimo sofort los. „O Gott, die Kinder! Laura, Leonie, Sahra!", folgt es noch eine Spur schriller und zwanzig Dezibel lauter in Richtung ihrer Mitmütter. „Ein Verbrecher, wir müssen die Kinder retten."

Die Menge auf dem Platz gerät ob dieses Ausrufes in Wallung. Ich lasse die beiden stehen und kämpfe mich durch die ziellos wogende Masse, die Bücherzelle fest im Blick. Dort steht der Kerl und grinst mich frech an. Gleich hat es sich ausgegrinst, denke ich, als der elende Schuft die Bücher als Geschosse missbraucht und auf mich niedergehen lässt. Ich hebe die Arme, schütze meinen Kopf und werde gleichzeitig von der zunehmend kopflosen Menge herumgewirbelt wie ein Krebs in der Brandung. Als ich mich wieder orientieren kann, höre ich Massimo rufen: „Lo scippatore kommen zurück", drehe mich in seine Richtung und sehe den Lumpen am Rebecca vorbei auf die Taubengasse zulaufen. Im Slalom zwischen den Weihnachtsmarktbesuchern nehme ich Tempo auf, fokussiere mein Ziel, blende alles andere aus … bis ich stolpere und zeitgleich das Rumpeln hohler Plastikkörper und ein markerschütterndes „Ich bin Mutter, passen Sie doch auf" höre. Ich wirbele mehrfach um die eigene Achse, pralle wie eine Flipperkugel gegen mehrere Leiber, bis ich etwas verdammt Hartes ramme und unter einem Wust von Stoff, Stangen und einem Regen klebriger Mandeln zu Boden gehe.

Mein Shantybruder Hein hilft mir wieder auf die Beine, grinst von einem Ohr zum anderen.

„Guter Fang, Klaas", sagt er. „Du hast drei Bobby Cars, eine Heulboje und vier Passanten zur Strecke gebracht. Und Massimos Mandelbrenner hat auch ganz schön was abbekommen. Nur der Taschendieb ist auf und davon."

Mittlerweile schüttelt es Hein vor Lachen. Massimos Mandelbrenner, denke ich, zupfe mir eine kandierte Mandel aus dem Bart und muss ebenfalls grinsen. Dann hat sich die Aktion ja gelohnt.

BURGSTRAßE 11

von Bernd Köstering

Die Gäste wurden bereits unruhig. Dr. Eva Scheid trat ans Rednerpult. Als Museumsleiterin hatte sie soeben entschieden, die 25-Jahr-Feier des Stadtmuseums Hofheim zu eröffnen, obwohl Sabine Petersen-Spindler, die Vorsitzende des Fördervereins, noch nicht im Foyer aufgetaucht war.

In diesem Moment ertönte eine männliche Stimme: „Verehrte Damen und Herren, ich bitte um Ihre Aufmerksamkeit!"

Eva Scheid sah Gisela Stang an, die Bürgermeisterin, die als nächste Rednerin vorgesehen war. Die hob ratlos die Schultern.

„Sie werden sich fragen, wer hier spricht", klang es durchs Museumsfoyer. „Ich bin Karl Hieronymus Weiler. Mein Cousin zweiten Grades ist ein Nachkomme in siebter Generation von Johann Martin Weiler. Damit bin ich der legitime Erbverwalter seiner Interessen."

„Soll das ein Scherz sein?", fragte einer der Gäste.

Stefan Janz, der Haustechniker, stand jetzt neben Frau Scheid und flüsterte ihr ins Ohr: „Er muss

94

unten im Gewölbekeller sein, die Tür ist von innen verschlossen. Wie er an die Lautsprecheranlage gekommen ist, weiß ich nicht."

„Rufen Sie die Polizei!", raunte sie ihm zu.

Janz nickte.

„Bitte bleiben Sie ruhig", sagte Eva Scheid übers Mikrofon, „die Polizei wird verständigt. Außerdem müssen wir erst einmal klären, was dieser Mann überhaupt will."

„Das kann ich Ihnen sofort sagen", kam es prompt zurück. „Sie feiern das falsche Jubiläum. Vor genau zweihundert Jahren hat mein Urahn dieses Gebäude fertiggestellt. Wussten Sie das?"

Eva Scheid überlegte kurz. Ja, das wusste sie, ohne dass es ihr bewusst war. „Das falsche Jubiläum ist es sicher nicht, Herr Weiler. Aber möglicherweise haben wir ein Jubiläum … übersehen."

„Ha, die Frau Scheid, schlagfertig wie immer. Aber ein 25-jähriges Jubiläum ist ja wohl armselig gegenüber einem 200-Jährigen. Und dann dieses unnütze Museum. Damit das klar ist: Ich will fünfhunderttausend Euro als Gegenwert für die Burgstraße 11, die stehen mir zu. Außerdem soll das Gebäude in ‚Johann-Martin-Weiler-Haus' umbenannt werden!"

„Fünfhunderttausend Euro?" Eva Scheid musste sich zusammennehmen, um nicht laut loszulachen.

„Richtig, das ist lediglich so viel, wie die Stadt Hofheim jedes Jahr an Steuergeldern für dieses Museum verschwendet."

Einige Besucher verließen bereits das Foyer, es sah nach Flucht aus.

„Was soll der Unsinn, Herr Weiler? Die Polizei wird gleich kommen und Sie da unten herausholen!"

„Dann hören Sie mal gut zu!"

Ein greller Schrei ertönte über die Lautsprecher, eine Frauenstimme.

„Ich habe Frau Petersen-Spindler hier bei mir, die Ihnen mit dem Förderverein willfährig zuarbeitet. An der Decke des Gewölbekellers befinden sich sehr schöne alte Metallringe, ich habe sie mit beiden Handgelenken daran festgezurrt. Eben konnte sie noch sitzen, jetzt muss sie stehen, und das Seil wird immer kürzer, irgendwann wird sie hängen, verstehen Sie?"

Eva Scheid fühlte jegliche Farbe aus ihrem Gesicht weichen. „Ja, ich verstehe, warten Sie einen Moment …"

Die Bürgermeisterin war neben sie getreten: „Ein ehemaliger Finanzbeamter", flüsterte sie. „Er hat mir vergangenes Jahr einen dilettantischen Brief geschrieben: Falls ich weitere Steuergelder für den Neubau der Ländcheshalle in Wallau verschleudern sollte, würde ich schon sehen, was passiert. Weiter nichts Genaues und völlig abgedrehte Argumente, Handball und Fastnacht seien reine Geldverschwendung. Wir haben nicht darauf reagiert, die Polizei hat ihn als harmlos bezeichnet."

„Hmm, inzwischen wohl nicht mehr ganz so harmlos."

Die Bürgermeisterin nickte. Plötzlich wurde die Eingangstür aufgerissen, Polizisten in voller Ausrüstung stürmten das Museum, draußen vor den Fenstern weitere Kollegen, das Gebäude war umstellt. Einer der Polizeibeamten redete kurz mit Stefan Janz und kam dann auf die Museumsleiterin zu.

„Stegner, Einsatzleitung", stellte er sich vor. „Wir übernehmen jetzt. Bitte versuchen Sie, Zeit zu gewinnen. Reden Sie weiter mit ihm. Wir evakuieren und versuchen dann, die Geisel zu retten, wir haben Spezialisten dafür."

Wieder schallte es durch den Raum: „Wenn Sie Frau Petersen-Spindler lebend wiedersehen wollen, sollten Sie genau das tun, was ich Ihnen sage. Frau Stang wird jetzt zur Bank gehen und kraft ihrer Autorität als Bürgermeisterin eine halbe Million Euro organisieren. Sie hat dafür genau fünfundvierzig Minuten Zeit, ab jetzt. Sobald die Polizei versucht, in den Gewölbekeller einzudringen, wird die Geisel sterben. Wäre doch schade um diese nette Dame mit dem schicken Kostüm und den Stöckelschuhen …"

„Mensch, Weiler, selbst wenn Frau Stang das Geld beschafft, wie wollen Sie denn aus dem Gewölbekeller entkommen?"

„Das lassen Sie mal meine Sorge sein, ich kenne da Wege, also los!"

Die Bürgermeisterin verließ das Museum. Während das SEK die Gäste aus dem Gebäude brachte, bemerkte Eva Scheid, wie eine Frau mit rötlichen Haaren auf den Einsatzleiter zuging: Roswitha Schlecker, die Historikerin des Stadtarchivs. Sie sprach mit Stegner, auch Stefan Janz war dabei. Was hatte sie den beiden so dringend mitzuteilen?

Die Museumsleiterin musste sich wieder dem Geiselnehmer zuwenden, musste versuchen, Zeit zu gewinnen: „Gut, Herr Weiler, Sie meinen also, unser Museum sei … unnütz." Das Wort kam ihr nur schwer über die Lippen. „Wie kommen Sie darauf?"

„Wen interessieren denn schon Hanna Bekker, Ottilie Röderstein und Eva Krüger?"

„Na, immerhin haben wir auf diese Weise über sechzehntausend Besucher pro Jahr verzeichnet. Nicht schlecht für eine Stadt mit vierzigtausend Einwohnern, finden Sie nicht?"

„Was macht mein Geld?"

„Frau Stang ist unterwegs", sagte sie. „Außerdem haben wir noch Zeit."

„Verarschen Sie mich nicht, Frau Dr. Scheid!"

Zu ihrem großen Erstaunen bemerkte sie, dass der Großteil des SEK abgezogen war, es waren nur noch wenige Polizeibeamte zurückgeblieben. Egal, sie musste Weiler im Gespräch halten.

„Wissen Sie eigentlich, dass Johann Martin Weiler zwar ein großes Vermögen anhäufte, im sozialen Bereich aber nie engagiert war?"

„Weil man ihn nicht ließ", erwiderte sein Nachfahre. „Er wollte eine Münzvermehrungsschule einrichten, aber keiner unterstützte ihn. Heute würde man solch eine Einrichtung ‚Business School' nennen. Klingelt's da bei Ihnen?"

Endlich kam die Bürgermeisterin zurück. Sie trug einen silbernen Metallkoffer bei sich, begleitet von zwei Uniformierten. Stegner gab der Museumsleiterin einen Wink.

„Wir haben das Geld", sagte sie übers Mikrofon. „Wir kommen jetzt runter!"

„Nein, Sie kommen nicht runter, Sie gehen hinaus in den Hof, ich habe ein Fenster geöffnet, dort werfen Sie den Koffer hinein. Und eines sollten Sie wissen: Jede dumme Aktion, gefärbte Scheine, Peilsender oder ähnliches wird Frau Petersen-Spindler zu spüren bekommen!"

„Okay!", rief Eva Scheid, zu mehr war sie nicht mehr fähig. Sie setzte sich neben dem Rednerpult auf den Boden, irgendjemand reichte ihr ein Glas Wasser, sie nickte dankbar.

Roswitha Schlecker kniete sich neben sie: „Bei uns im Stadtarchiv gibt es historische Pläne, die einen Geheimgang zeigen, von der Burgstraße 11 zum Kellereigebäude, das war früher der kurfürstliche Weinkeller." Sie zeigte in Richtung Süden. „Dieser Gang wurde damals als Fluchtweg benutzt, jeweils gegenseitig. Weiler hat ihn

100

möglicherweise in seinen alten Familienunterlagen entdeckt, sonst wissen nur wir vom Stadtarchiv davon. Ich denke, er wird den Gang als Fluchtweg nutzen."

Eva Scheid nickte. Sie erinnerte sich an Weilers Worte: Ich kenne da Wege.

Stegner stürzte ins Foyer: „Wir haben ihn, die Geisel ist frei, es geht ihr gut!"

„Wie bitte?" Eva Scheid glaubte es nicht. War das ihr wirkliches Erleben oder eine Einbildung dessen, was sie sich wünschte?

Stegner ergänzte: „Wir haben die Kellerei umstellt. Fast wäre der Geiselnehmer uns noch entwischt. Er kennt sich gut aus. Aber er konnte kaum laufen, die Geisel hat ihm einen Stöckelabsatz in den Oberschenkel gestoßen, hat sie gut gemacht!"

In diesem Moment kam Sabine Petersen-Spindler die Treppe hinauf, gestützt von Stefan Janz. Ihr dunkelblaues Kostüm war mit Staub bedeckt, die Handgelenke mit Abschürfungen übersät, ihre Haare derangiert.

„Hallo Eva!" Ihre Stimme klang brüchig.

Eva Scheid stand auf und umarmte sie, erleichtert, gerührt, nah am Wasser.

Einer der SEK-Leute kam auf Stegner zu: „Chef, hier ist der Geldkoffer!"

Sofort nahm Frau Stang den Koffer an sich. Sie wollte sich schon abwenden, als ihr Eva Scheid einen fragenden Blick zuwarf. Wortlos hob die Bürgermeisterin den Koffer auf den Empfangstresen. Klick, öffneten sich die beiden Schlösser. Grün blitzen ihnen die Hundert-Euro-Scheine entgegen.

„Wir konnten kein Risiko eingehen. Zum Glück war der Filialleiter der Bank erreichbar. Er wartet draußen." Damit klappte sie den Koffer zu und verließ das Gebäude.

Erst jetzt schien Sabine Petersen-Spindler klar zu werden, was außerhalb des Gewölbekellers geschehen war. Ihre Tränen zogen schwarze Spuren von Wimperntusche über ihre Wangen.

„Niemand ist durch Geld zu ersetzen!", sagte Eva Scheid und legte den Arm um ihre Schultern.

Anmerkung des Autors:

Ich danke den folgenden Personen für ihre Kooperation: Dr. Eva Scheid, Gisela Stang, Roswitha Schlecker, Stefan Janz und Martina Jost (alle Stadt Hofheim) sowie Sabine Petersen-Spindler (Vorsitzende des Fördervereins Museum Hofheim).

BETTENWEIHNACHT

von Uli Aechtner

„Also, Hemnes könnte es gewesen sein." Katja fuhr sich mit dem Handrücken über die Nase, um ein Schniefen zu verstecken.

„Du hast also mit Hannes auf Hemnes gelegen?" Marie sah sie skeptisch an. „Bist du sicher?"

„Moment mal." Katja legte den Kopf schief und versuchte, die Maße des Bettgestells abzuschätzen. „Nee, doch nich. Irgendwie waren die Beine höher. Und der Typ hieß auch nicht Hannes, sondern Jasper. Wenn ich das Bett finde, auf dem ich mit ihm ..."

„Bist du überhaupt sicher, dass das Bett von hier war?"

„Na klar, das hat er mir doch erzählt."

Marie zog die Stirn kraus. „Trysil, Gjöra und Malm. Wer sucht denen eigentlich die Namen aus?"

„Das weiß ich zufällig", sagte Katja. „Das sind zwei Frauen in Stockholm. Die machen den ganzen Tag nichts anderes."

„Den ganzen Tag? Und dann kommen so blöde Männernamen dabei heraus?"

103

Katja gab ein ungeduldiges Schnalzen von sich. „Die richtigen Männernamen geben sie Stühlen und Schreibtischen. Jonas oder Alfons. Wonach sie die Betten nennen - keine Ahnung. Ist ja auch egal."

„Hauptsache, du findest das Bett, auf dem du mit Jasper den Höhepunkt deines Lebens hattest."

„Nicht mit Jasper."

„Wieso?"

„Meinen kleinen glücklichen Moment hatte ich, als er im Bad war."

„Okaaay. Und nun willst du dir genauso ein Bett kaufen, damit du …"

„Wenn ich das Bett finde, dann finde ich auch Jasper wieder", sagte Katja bestimmt. „Magie eben."

„Das redest du dir ein."

„Und wenn schon. Ich hab' mich halt in ihn verliebt."

Menschen drängten sie zwischen Hemnes und Trysil, schoben Einkaufswagen mit riesigen Paketen an ihnen vorbei.

„Die kaufen alle ihre Weihnachtsgeschenke", stellte Marie fest. „Das meiste davon dürfte gar nicht unter einen Weihnachtsbaum passen."

Sie kicherten.

„Du, ich muss nachher auch noch an Kerzen denken, die haben hier immer so schöne. Und so einen beleuchteten Stern will ich haben." Marie zog sich ihr Tuch von den Schultern. „Warm hier. Warum musst du Jasper überhaupt ... suchen?"

„Das ist eine lange Geschichte." Katja lächelte bei der Erinnerung. „Jasper hatte mich als Tramperin mitgenommen. Von München nach Frankfurt. Und dann steckten wir im Stau, es wurde später und später. Meine S-Bahn nach Hofheim fuhr nicht mehr. Da meinte er, ich könne bei ihm übernachten. Er wollte auf dem Boden schlafen, aber das fand ich zu hart, und irgendwann lagen wir eben beide auf seinem Bett."

„Und dann?"

„Und dann nichts mehr. Wir haben nur noch ein bisschen erzählt ..."

„Darüber, woher er das Bett hatte."

„Genau. Und ich sah den Mond, der in sein Zimmer schien. Dachte ich jedenfalls, aber es war nur eine Straßenlaterne."

„Romantisch."

„Als ich aufwachte, war er schon im Bad. Und dann musste er weg und meinte, ich solle die Tür hinter mir zuziehen, wenn ich gehe."

„Aber dann weißt du doch, wo er wohnt. Warum bist du nicht einfach …?"

„Das war die Wohnung von seiner Ex, die war ein paar Monate im Ausland. Er hatte halt noch den Schlüssel. Zufrieden? Aber wenn ich wenigstens genauso ein Bett …"

„Na gut, ich mach dir einen Vorschlag. Wir verstecken uns auf dem Klo. Und wenn sie hier alles abgeschlossen haben, kannst du in Ruhe alle Betten ausprobieren. Mal sehen, auf welchem du glücklich wirst."

Piet schob sich zwischen den Menschen hindurch, die sich zu Weihnachten Möbel, Geschirr, Bettwäsche und Lampen schenken wollten. In seinem Kopf war wabernde Leere, vor seinen Augen zogen sich Zerrbilder zusammen und weiteten sich wieder. Er hatte sich eindeutig zu viel von dem Zeugs reingepfiffen. Der Weihnachtsmann am Eingang hatte ihn schon so komisch angesehen. Bettwäsche. Genau. Er wollte seiner Mutter zu Weihnachten Bettwäsche kaufen.

Rosali, Rosenrips und Brunnkrissla ließen ihn Blumen riechen. Doch was war Puderviva? Ein Puderleben? Ängslilja, Nattjasmin, Emmie Ruta. Am besten gefiel ihm noch Stillsamt. Stiller Samt. Ja, Stille, die brauchte er jetzt. Der Boden unter ihm schwankte. Verdammter Stoff. Wenn er sich jetzt auf so ein Bett legen könnte, das wäre schön. Aber nein, all die Leute hier, die die Kopfkissen anhoben, auf die Matratzen drückten. Das würde ungemütlich.

Rosen und Karos, die Muster wurden größer, dann wieder kleiner, verschwammen vor seinen Augen. Wie mochte eine Lattjo aussehen, eine Ullvide? Achtete hier überhaupt jemand auf ihn? Vermutlich nicht. Er sah sich kurz um, dann rutschte er unter das Bett mit den höchsten Beinen. Nur ein bisschen ausruhen.

Katja und Marie hatten sich auf die Klobrillen gestellt, als der Nachtwächter die Toiletten durchsucht hatte. Gott sei Dank war er genauso faul gewesen, wie sie ihn eingeschätzt hatten. Er hatte nur kurz einen Blick unter die Türen geworfen und nicht jede einzelne Kabine geöffnet. Katja und Marie hatten sich erst nach einer Weile herausgetraut. Und wieder in die Bettenabteilung geschlichen.

„Dass die hier aber auch so viele Betten haben", flüsterte Katja.

„Ich such' mir jetzt eins aus und leg' mich aufs Ohr", sagte Marie. „In der Zwischenzeit kannst du die einzelnen Matratzen abhören. Wenn du Gefühle bekommst, wissen wir, dass du dein Bett gefunden hast. Aber stöhn bitte nicht zu laut!"

„Ach, du ..." Katja wusste nicht, ob sie lachen oder weinen sollte. Vorsichtig drückte sie auf das nächststehende Bett. „Zu weich."

„Psst, da kommt wer!" Der Nachtwächter, verdammt. Er war doch ziemlich gewissenhaft. „Rasch! Unter ein Bett."

Aber unter welches? Malm hatte einen Bettkasten. Unter Hemnes gab es zu wenig Platz. Doch Gjöra hatte schöne lange Beine. Praktischerweise war auch noch eine Decke über das Gestell ausgebreitet, die bis zum Boden reichte.

„Komm!" Marie schob Katja unter das Bett und kroch hinterher.

Piet hatte das Gefühl, dass sein Atem plötzlich die Welt überspannte. Seine Atemzüge waren einfach überall zu hören. Ganz still lag er da, und direkt neben ihm atmete es. Was war das? Hatten sich seine Lungen aus seinem Körper befreit und neben ihn gebettet? Oh Gott, diese Halluzis! Auch seine Körperwärme war aus seinem eigenen Körper gefahren und neben ihn gekrochen. Sein Haar … sein Haar lag auch neben ihm, direkt neben seinem Kopf. Das war zu viel. Er tastete nach dem Messer, das immer in seinem Stiefel steckte, nur zur Sicherheit, falls einer der Dealer ihm mal schräg kam. Zog es aus der ledernen Scheide und stach in das, was neben ihm lag. In sein zweites Ich. Oder sein eigentliches Ich? Zustechen, du musst immer wieder zustechen, machte er sich Mut. Dann laute Schreie, die Schreie einer Frau. Sie gingen in ein kehliges Röcheln über. Er fasste neben sich, seine Hände fanden einen leblosen Körper. Eine Tote. Doch auch sie hatte ein zweites Ich, das nun noch lauter schrie. Schritte, die davonrannten. Schließlich das Fluchen und Drohen eines Mannes. Der Weihnachtsmann, ganz bestimmt.

Der Nachtwächter stand zwischen den Betten und hielt sich beide Ohren zu. Jesses, nun hörte er doch wieder Stimmen. So wie vor seiner Kur.

Kleine Sünden strafte Knecht Ruprecht eben sofort. Er hatte zu viel Weihnachtspunch intus. Seine Nachbarin hatte ihn selbst gemacht und ihm eine Flasche abgefüllt, er hatte sie nicht abweisen können. Nur ein Schlückchen hatte er kosten wollen, und plötzlich war die Flasche leer gewesen. Nun befand er sich im Weihnachtsdelirium. Dabei musste er doch seinen Rundgang machen. Halt durch, Junge, redete er sich gut zu. Leg dich ein bisschen auf Hemnes, das wird helfen.

Wenn die Nacht vorbei ist, sind alle Weihnachtsgeister verschwunden.

DER KLASSIKER

von Richard Lifka

„Weißt du, liebe Maya, von der Schuld an Pias Tod kannst du dich nicht freisprechen und ich auch nicht, das verstehst du doch?"

„Max, ich konnte wirklich nichts dafür, ich wusste nicht, dass mein Vater für die Stasi arbeitete, als ich ihm von Pias Liebschaften mit westlichen Verlagsmitarbeitern in Leipzig erzählte. Dass die einen Provokateur auf sie angesetzt hatte, davon habe ich nie erfahren. Max, ich bitte dich, lass mich los, ich war über ihren Tod genauso bestürzt wie du, glaube mir doch. Ich flehe dich an, leg dieses Rohr weg! Du willst mich doch nicht verletzen?"

„Wie ich dich hasse. Während du drüben studiert und promoviert und schließlich eine Stelle an der Volkshochschule in Hofheim bekommen hast, musste meine Schwester sterben. Erst nach der Wende erfuhr ich, wem das zu verdanken war. Du kannst dir nicht vorstellen, wie verwirrt ich war, als ich dich beim Umschulungskurs in der vhs wiedersah. Schöne Maya, dass du an einem Sonntag mit mir hierher ins Lager gekommen bist, finde ich kühn und mutig, ja, schau dich ruhig um, hier schufte ich jedes Wochenende, verpacke Billig-Möbel aus Schweden. Du brauchst nicht daran denken fortzulaufen. Alle Türen sind verriegelt. Es kommt niemand, um dich zu retten, sonntags herrscht Totenstille, die anderen Jungs kommen erst morgen, wenn du dich von dieser Welt verabschiedet hast."

„Max, nein! Wirf dieses blöde Rohr fort, was willst du damit?"

„So naiv kann nur eine Lehrerin fragen."

„Nicht Max! Nicht, hör auf, ich habe Angst."

„Angst, ha, ha, wovor? So viel Angst, wie Pia hatte, als sie sich umbrachte?"

„Nein, Max, nein, aua! Hör auf!"

„Wie das knackt, Frau Doktor! Wie das spritzt, das Blut, so rot wie das Sofa hinter dir. Und das Graue, Schmierige, was ist das? Dein bisschen Hirn? Na, dann schlafe süß, Frau Doktor."

Am Montag gegen vierzehn Uhr wartete Frau Paulsen auf der Terrasse ihres Hauses in der Gartenstadt in Massenheim auf die Möbellieferung. Da kam endlich der Kleintransporter mit dem aufgemalten Elchgeweih an der Seite. Der Wagen bremste vor dem Eingangstor, zwei Männer stiegen aus.

Frau Paulsen eilte zum Zaun. „Sie bringen doch das Sofa?"

Einer war bereits im Laderaum des Lieferwagens verschwunden. Frau Paulsen hörte nur, wie der aus dem Laderaum rief: „Arni, komm schnell rein und schau dir das an!"

Kopfschüttelnd hievte sich Arni hoch und brüllte los: „Ach, du Scheiße, da müssen wir sofort die Bullen rufen!"

„Endlich mal wieder ein Klassiker, Chef", strahlte Nadine Kriminalhauptkommissar Schlepper an.

Dank mobiler Datenverbindungen hatte sie die Fotos von der Leiche auf dem Sofa bereits ans Büro geschickt. Nach der Ortsbesichtigung saßen die beiden Ermittler im Besprechungszimmer des Wiesbadener Polizeipräsidiums zusammen.

Nadine klappte den Laptop auf und las vor: „Die Tote hieß Maya Kowa, dreiundvierzig Jahre, ledig, in Leipzig geboren, 1989 mit den Eltern nach Hessen gezogen, unterrichtete seit Jahresbeginn an der vhs in Hofheim, keine Einträge im Polizeiregister."

Wenig später hatte sie den Bericht der Spurensicherung auf dem PC. „Chef, neben Blut und Gehirnmasse des Opfers befand sich noch ein fremdes Haar."

Kurz darauf meldete sich die Gerichtsmedizin aus Frankfurt. „Als Todesursache wird eindeutig ein Schlag mit einem stumpfen Gegenstand angenommen. Rotbraune Partikel am Rande der Wunde lassen auf ein verrostetes Eisenrohr als Tatwaffe schließen. Die Laboruntersuchung hat ergeben, dass das aufgefundene Haar einem blonden Mann gehörte", berichtete der Forensiker.

„Dann schauen wir uns mal die Mitarbeiter an."

Nadine und Schlepper machten sich auf den Weg.

„Herr Sapp, Sie kommen ebenso wie Frau Kowa aus Leipzig?" Max nickte.

„Bitte sprechen Sie laut und deutlich. Erklären Sie uns, wie ein Haar von Ihnen auf den Leichnam kommt?"

„Vielleicht ist das in der Schule passiert, als wir uns im Aufenthaltsraum unterhielten."

„Gewiss können Sie auch erklären, wie Ihr Fingerabdruck an das Eisenrohr kommt, das wir in einer Mülltonne des Möbelhauses gefunden haben?"

„Na, ich arbeite ja in diesem Laden und da ist es ganz normal, dass ich mal ein Rohr anfasse."

„Auf Frau Kowas Smartphone haben wir eine SMS vom Samstag gefunden: ‚Komm heute um sechs zu mir, sonst wird der Schulleiter von deinen Stasiaktivitäten erfahren.‘ Erklären Sie uns das bitte. Wir haben uns über Frau Kowa informiert, aber nichts gefunden, was auf eine Tätigkeit für den Staatssicherheitsdienst hindeutet."

„Na klar, den Stasischweinen fährt keiner an den Karren!"

„Ihr Fingerabdruck auf der Tatwaffe, Ihre DNA auf dem Leichnam und Ihre Verbindung zum Opfer, die gemeinsame Vergangenheit, die telefonische Nachricht, das ist mehr als genug!"

„Diese verdammte Schlampe hat meine Schwester ans Messer geliefert und dafür gesorgt, dass Pia sich aus lauter Verzweiflung umbrachte. Ich war so wütend auf dieses Aas, da habe ich zugeschlagen, sie fiel und landete auf dem Sofa, das dort zum Einpacken abgestellt worden war."

„Herr Sapp, ich verhafte Sie wegen Mordes an Frau Kowa."

„Wie gesagt, Chef, ein Klassiker mit stumpfem Gegenstand."

WÄRMESTUBE FÜR NICHT GANZ ABGESCHLAFFTE

von Jürgen Heimbach

Als der Verrückte den Elektrorasierer ausschaltet, ist da dieses Bild. Klar und deutlich, in Mikes Kopf, unter seinem jetzt kahlen Schädel. Er hat noch gar nicht so richtig realisiert, was gerade geschehen ist. Dieser Reimers hat ihm die Haare abrasiert. Seine vollen, dichten und grauen Haare. Sein ganzer Stolz. Einfach abrasiert!

Das Bild, das Mike jetzt so klar vor Augen sieht: Der Abend seines einundzwanzigsten Geburtstages. Endlich volljährig. Endlich unabhängig. Endlich tun und lassen, was er will. War natürlich saublöd, so zu denken. Er wohnte noch zu Hause, und da hatte sein Vater das Sagen. Dessen Geburtstagsgruß am Morgen, nach dem Aufstehen: Du gehst heute zum Frisör! Dabei bedeckten seine Haare, damals noch nicht grau, gerade einmal zur Hälfte seine Ohren. Mikes Widerstand hielt nur kurz, er ging zum Frisör und am Abend in den „Keller", wie sie den Jazzkeller in der Burgstraße nannten, um dort mit Freunden auf seinen Geburtstag anzustoßen. Dabei ging er gar nicht hinunter in den

Keller. Da durften nur die Eingeweihten rein. Für die der Keller die Wärmestube für nicht ganz Abgeschlaffte war. Mike stand mit den Kumpels oben, bei der Tür, trank sein Bier, redete, rauchte und hoffte, dass ihn einer der Eingeweihten mit nach unten nehmen würde, über die Treppe hinab in das bier- und nikotingeschwängerte Gewölbe. Es gab natürlich die erwarteten Sticheleien wegen seiner neuen Frisur. Mit den Fingern fuhr er sich immer wieder durch die nun viel zu kurzen Haare, damit er nur nicht zu ordentlich aussah. Sein Vater hätte gerne etwas Militärisches gehabt, aber das zumindest hatte er verhindern können.

1974 war das gewesen. Er im dritten Lehrjahr, kurz vor der Prüfung. Mike hat die Szene jetzt wieder genau vor Augen: Wie sie an der Mauer lehnten, er angetrunken, hoffte, dass einer der Älteren, vielleicht Ritchie, der Coolste von allen mit seinen langen, lockigen Haaren, ihn an seinem Joint ziehen ließ, aber der lachte bloß, also trank Mike noch ein Bier. Da hörten sie Lärm vom Kellereiplatz her, wo sich die Toiletten befanden. Unbeleuchtet, nicht abzuschließen, eine Katastrophe. Einige gingen los, dem Lärm nach, Mike folgte ihnen, torkelte leicht, sah den Auflauf, erfuhr nach und nach, dass die Polizei ein Pärchen, nachdem es aus der Toilette gekommen war, hatte kontrollieren wollen. Doch die hatten ihre Papiere nicht bei sich gehabt. Wozu auch, auf der Toilette? Einige begannen, die Polizisten zu beschimpfen, der Ring um die Beamten wurde enger, bis noch mehr Polizisten auftauchten, das Pärchen in einen Wagen verfrachteten und in die Polizeistation in der Zeilsheimer Straße brachten. Wie selbstverständlich folgte Mike ihnen zusammen mit den anderen. Plötzlich war Ritchie neben ihm, klopfte jovial auf seine Schulter und bot ihm einen Joint an. Dafür bewunderte er Ritchie: Demonstrierte gegen die Obrigkeit und rauchte auf dem Weg zum Revier lässig einen Joint. Mike sah ihn ungläubig an.

„Willst doch, oder?!", sagte Ritchie herausfordernd.

Mike nahm den Joint und inhalierte erst vorsichtig, dann tief und intensiv. Einmal, zweimal, dreimal. Es fühlte sich gut an. Saugut. Ritchie lachte und nahm ihm den Joint wieder aus der Hand.

Vor der Polizeistation angekommen, forderten sie laut, das Pärchen freizulassen, doch stattdessen rückte plötzlich eine Hundertschaft aus Frankfurt an. So schnell und routiniert, dass sie keine Chance hatten abzuhauen. Mike wurde gepackt und in eine grüne Minna geschubst, direkt neben Ritchie, der schon da saß und ihn angrinste.

„Kannste mir einen Gefallen tun?", fragte er und steckte Mike, ohne die Antwort abzuwarten, etwas in die Tasche. „Einfach steckenlassen. Nicht drum kümmern! Hast was bei mir gut!"

Damit wandte er sich von Mike ab und jemand anderem zu. Die grüne Minna fuhr mit Blaulicht und Martinshorn los.

Mike fühlte sich gut. Als Revoluzzer. Sein Vater würde ihn hochkant aus der Wohnung schmeißen, wenn er erfuhr, dass sein Sohn verhaftet worden war. In diesem Moment war ihm das völlig egal. Wäre der Rauswurf die einzige Konsequenz dieses Abends geblieben, wäre sein Leben sicher anders verlaufen.

Jetzt, auf der Pritsche liegend, in diesem Verlies, neben Tom und Kalle, gefangen und angekettet von diesem verrückten Reimers, den kühlen Luftzug am kahlen Schädel spürend, wird es Mike mit einem Mal klar: Damals, in jener Nacht im Jahr 1974, gerade volljährig geworden, hatte sich sein Lebensweg entschieden. Alle hatten ihren Anteil daran gehabt: sein Vater, die Polizei, der Richter und Ritchie, der ihm dieses Päckchen in die Tasche gesteckt hatte. Und vor allem er selbst, der das so naiv und gutgläubig hatte geschehen lassen.

Mike schließt seine Augen, nahtlos taucht er wieder ab in jene Nacht. Sieht sich in dem Polizeitransporter neben den anderen, erinnert sich, wie sie in die Zelle geführt werden, wie er durchsucht und wie das Päckchen aus seiner Tasche gezogen wird. Das Grinsen des Polizisten und das ernste Gesicht des Untersuchungsrichters, der ihm eröffnet, dass sich in dem Päckchen Haschisch und vor allem noch andere, härtere Drogen befinden. Die schmalen Lippen des Richters, der ihm Monate später verkündet, dass er wegen Drogenbesitzes zu einer Gefängnisstrafe verurteilt wird. Da war er zu Hause ebenso schon längst rausgeflogen wie auf der Lehrstelle.

Danach lebte er von Stütze, schlug sich mit Gelegenheitsjobs durch, baute wieder Mist, war nochmals im Knast, drei Jahre in Süddeutschland. „Weg!", wie er diese Zeit nennt und hat sich dann eingerichtet in seinem Leben mit Tom und Kalle, den Tagen im Einkaufscenter, dem ständigen Ärger mit dem Wachmann Reimers, der immer rabiater gegen die drei vorgeht und sich an keine

Vorschriften hält. Bis Reimers von seinem Chef rausgeschmissen wird, und die Schuld dafür bei Mike, Tom und Kalle sucht. Nun will er sie mittels eines Hexenprozesses zwingen zuzugeben, dass sie Reimers Chef verhext haben. Irre. Wie vielleicht sein ganzes Leben irre war. Und hier endet?

Mike öffnet seine Augen, ein Lichtstrahl blendet ihn. Reimers leuchtet seinen rasierten Schädel mit einer Taschenlampe ab.

„Der ist pervers", hört er Tom sagen, während Reimers ihm mit dem Finger auf den Schädel klopft und „da, da und da" ausruft. „Das ist der Beweis."

„Das ist ja wie ein … Hexenprozess …", schaltet sich nun Kalle ein, aufrichtige Empörung in der Stimme. „Ein Hexenprozess. Der Hexenturm, die Folter. Das ist ja krank, Mann, völlig krank." Seine Stimme überschlägt sich. „Am Ende … will … der uns … verbrennen."

Mike schließt die Augen. Hört nicht mehr Reimers Replik, stattdessen kommt ihm Ritchie in den Sinn. Erst vor wenigen Tagen hat er ihn gesehen. Einen Moment hat es gedauert, bis er ihn erkannte. Wegen der Glatze. In seiner großen, dunklen Limousine, auf dem Weg zu seiner Villa auf dem

Kapellenberg, Chef eines Unternehmens in Frankfurt. Hat er, Mike, etwas falsch gemacht? Er sieht sich nochmals vor dem Keller stehen, dem Jazzkeller, der Wärmestube für nicht ganz Abgeschlaffte, damals, vor über vierzig Jahren. Vielleicht war diese kurze Zeit um seine Volljährigkeit herum die schönste seines Lebens gewesen. Er schließt die Augen und wartet ruhig auf das, was nun geschehen wird.

Anmerkung des Autors:

Wer mehr über den Jazzkeller und seine Geschichte(n) wissen möchte: „50 Jahre Jazzkeller Hofheim - 1959 - 2009 Kellertexte", hrsg. von Roswitha Schlecker in Zusammenarbeit mit dem Club der Jazzfreunde Hofheim e.V., Hofheim am Taunus: Stadtmuseum 2009.

DER HOBBYKILLER
von Rodica Meltzer

Ja, Sie haben richtig gelesen! Das ist kein Schreibfehler oder ein Missverständnis. Es geht hier nicht um meinen Hobbykeller, sondern um mich. Ich bringe gerne Leute um!

Lebt Ihre Erbtante zu lange? Stört Sie die Schwiegermutter? Glauben Sie mir, Sie können auf mich vertrauen. Ich beseitige auch Ihren Chef schnell und unkompliziert, wenn er Ihrer Karriere im Wege steht. Meine Kunden waren bisher immer sehr zufrieden mit mir. Wo sonst werden zu einem derart niedrigen Preis ihre dringendsten Probleme gelöst?

Meine ersten Kundenkontakte fand ich im Einkaufszentrum. Dort schütteten mir einige Menschen aus der Nachbarschaft ihr Herz aus. Ich stand ihnen mit Rat und Tat zur Seite und bot meine Unterstützung an. Zuerst ganz harmlos, doch ihre Sorgen und Nöte waren so groß, dass ich schließlich ein Internetforum eröffnete: „Willis Kummerkiste" - eines meiner Pseudonyme. Dort können auch Sie sich melden und ich werde tätig, wenn ich den Eindruck habe, dass es sich lohnt.

Klar, ich habe bereits die eine oder andere Morddrohung erhalten - natürlich von den Profis! Sie sagen, ich verderbe ihnen das Geschäft, weil ich jeden ihrer Preise unterbiete. Was kümmert mich das? Ich muss nicht wie sie vom Töten leben, in der Regel tue ich es aus reinem Vergnügen! Und für dieses Geschäft gibt es auch keine Gewerkschaft.

Schon die Vorbereitungen sind für mich immer ungeheuer aufregend. Wenn ich meinen alten urigen Keller in der Hofheimer Oberstadt betrete, schlägt mir ein muffiger Geruch entgegen. Diese köstliche morbide Atmosphäre stammt nicht etwa von eingelagerten Leichen, sondern entsteht dadurch, dass vor Jahren bei Bauarbeiten an dem darüberliegenden Haus die Lüftungsschlitze zugeschmiert worden sind. Ich liebe diesen Geruch! Er regt meine Fantasie an, beflügelt mich, neue Mordmethoden zu entwickeln.

So habe ich neulich in dem „reparaturbedürftigen" Laptop eines Kundendienstmanagers eine kleine, aber wirkungsvolle Bombe installiert. Von der Explosion mit einem Todesopfer konnte man später in der Hofheimer Zeitung lesen. Da war ich ziemlich stolz auf mich. Mein Auftraggeber, ein

Mitarbeiter des Mordopfers, hat sich später mit einer Schachtel Pralinen bedankt. Jetzt steht seiner Karriere nichts mehr im Wege.

Wenig später gelang mir ein weiterer überragender Coup. Mein Auftraggeber bat mich, ihn vom Lärm eines ruhestörenden Zeitgenossen ein für alle Mal zu erlösen. Mein potentielles Opfer, ein Musikfreund, nahm Unterricht an der Dudelsack-Akademie hier in Hofheim und übte jeden Abend fleißig zuhause. Seine Nachbarn verloren beinahe den Verstand.

Ich kam zuerst auf die irrwitzige Idee, seine Highlandpipe mit Gas zu füllen, damit er daran erstickt. Dafür hatte ich zwei große Propangasflaschen in einem Campingbedarf gekauft und in den Keller gewuchtet. Nun war nur noch das Problem zu bewältigen, wie ich an den Dudelsack herankommen sollte. Die Gelegenheit bot sich, als der Hobbymusiker zu einer Fotosafari nach Afrika flog und sein sonst so behütetes Instrument nicht mitnahm.

Allerdings hatte ich während der Wartezeit meinen ersten Mordplan wieder verworfen. Der prall mit Gas gefüllte Beutel des Dudelsacks wäre dem

Opfer sicher aufgefallen. Außerdem, könnte er überhaupt daran ersticken? Ich war unsicher.

Also entschied ich mich, das Mundstück des Instruments mit einem Gift aus dem heimischen Kräutergarten zu präparieren. Ich sage jetzt nicht welches, um Nachahmungen zu verhindern. Diese Methode erschien mir wirkungsvoller, weil garantiert tödlich.

Wieder war es die Hofheimer Zeitung, aus der ich erfuhr, dass ich mit dieser Einschätzung vollkommen richtig gelegen hatte. Kaum aus dem Urlaub zurückgekehrt, war der Musikfreund beim ersten durchdringenden Ton aus seinem Dudelsack umgekippt und sofort tot gewesen. Alle Untersuchungen auf exotische Krankheiten blieben ergebnislos. Die Hausbewohner, darunter auch der Auftraggeber, haben es mir gedankt.

Was mache ich nun mit den beiden Gasflaschen? Ich werde sie sicher bald für einen anderen Mord verwenden können. Bis dahin sind sie im Keller sicher aufgehoben, denn in der Regel kommen selten Leute her. Sollte sich, wie neulich, jemand hierher verirren, bin ich ihm keine Antwort schuldig, sofern er die Flaschen überhaupt bemerkt.

Oder ich lasse mir schnell etwas einfallen.

Die zwei Unbekannten, die mich gestern im Keller aufsuchten, wollten jedenfalls nur den Stromzähler ablesen. Sie kamen ausnahmsweise zu zweit, weil einer von ihnen eingearbeitet wurde. Klar, jeder fängt einmal an. Ich musste mich um meine Kummerkiste kümmern und ging hinaus.

Heute wartet der nächste Auftrag auf mich. Diesmal ist der Ex-Lover meiner Auftraggeberin dran. Er hat mit ihr Schluss gemacht - per WhatsApp, wie stillos! Sie ist seitdem stinksauer und schwört Rache. So war ich der geeignete Ansprechpartner für sie.

In den Händen halte ich jetzt sein Smartphone, das sie mir für ein paar Stunden beschafft hat. Was mache ich nun damit? Wieder Gift? Oder doch lieber eine spannende App, die ihn so fesselt, dass er im Straßenverkehr verunglückt? Wie wäre es mit PokemonGO? Ein paar zusätzliche Pokemon-Monster an wirklich gefährlichen Plätzen - auf den Bahngleisen oder auf der Autobahn -, und er erledigt sich selbst im Spiel.

Oder sollte ich es doch besser explodieren lassen? Wo bekomme ich eine geeignete Sprengladung her, unauffällig klein, aber stark genug, um

ihn auf einen Bildschirmwisch zuverlässig zu töten?

Ich schließe meine Kellertür auf und greife zum
Lichtschalter . . .

Aus der Hofheimer Zeitung:
Todesopfer bei Gasexplosion. Eine mächtige Ex-
plosion erschütterte gestern Abend die Häuser der
Hofheimer Altstadt. Vermutlich kam es in einem
der Keller zum Austritt von Gas mit anschließen-
der Entzündung. Das Opfer, ein 57-jähriger Inter-
netdienstleister, starb noch am Unfallort. Die Po-
lizei ermittelt zurzeit die Ursache.

HEXENLIEBE

von Thorsten Weiß

In dichten Schwaden zieht Nebel den Schwarzbach herauf. Bleichen Fingerknochen gleich wabert er durch die engen Gassen, dringt in jeden Winkel, bis er das Kopfsteinpflaster der Hofheimer Altstadt wie ein Leichentuch bedeckt.

Zur gleichen Zeit in der Jugenddisco kann Lukas sein Glück kaum fassen. Den ganzen Abend darf er mit Gretchen tanzen, sogar die Engtänze. Endlich interessiert sich eine mal für ihn. Die Mädchen in seiner Klasse fragen ihn zwar gern um Rat, wenn sie Probleme mit ihren Typen haben, doch mehr hat noch keine von ihm gewollt.

Als Gretchen gegen zehn Uhr den Raum betrat, zog sie sofort alle Blicke auf sich: Lange rote Haare, zu einem dicken Zopf geflochten, bekleidet mit einer weißen Leinenbluse und einem bodenlangen blauen Rock. Eine Lederschnur, an der ein lederner Beutel hing, betonte ihre schlanke Taille.

„Wow", rief sein Kumpel Finn, „die sieht ja aus wie einem Mittelaltermarkt entsprungen. Kennt die einer von euch?"

Doch niemand aus der Clique hatte das Mädchen je zuvor gesehen. Umso erstaunter waren alle, als sie zielstrebig auf Lukas zuging.

„Ich bin Gretchen. Wollen wir tanzen?"

Schon schob sie ihn auf die Tanzfläche. Er wusste kaum, wie ihm geschah.

Über eine Stunde haben sie seither getanzt, und Lukas schwebt im siebten Himmel.

„Ich muss um Mitternacht zu Hause sein", flüstert Gretchen in sein Ohr.

„Schon klar." Er nickt tapfer.

Logisch, dass seine Glückssträhne nur von kurzer Dauer ist. Gretchen zu fragen, ob er sie nach Hause bringen darf, traut er sich nicht. Lieber himmelt er sie hoffnungslos an, bevor er einen Korb riskiert.

„Begleitest du mich?"

Sein Herz setzt vor Freude für ein, zwei Schläge aus, sein Kopf beginnt ebenso unkontrolliert wie heftig zu nicken.

„Super!" Gretchen lacht.

Draußen waten die beiden durch kniehohen Nebel.

„Ist das unheimlich." Gretchen schmiegt sich noch ein wenig enger in seinen Arm.

„Margaretha-Velten-Wetter", antwortet er.

Gretchen sieht ihn fragend an.

„Meine Oma sagt das immer", schiebt er schnell hinterher. „So eine olle Sage von einer Müllerstochter aus Flörsheim, die im 17. Jahrhundert gelebt hat. Die soll sehr schön und lebenslustig gewesen sein, wurde dann aber hier in Hofheim als Hexe verbrannt. Immer wenn der Nebel kommt, soll Margaretha Velten umgehen und sich einen neuen Geliebten holen."

„Du kennst ja ganz schön krasse Geschichten." Sanft schiebt Gretchen ihn in die Sackgasse am Obertor. „Hier wohne ich."

Sie stehen vor einem alten Fachwerkhaus. Rechts neben der Haustür sieht er ein altertümliches Tor aus schweren Holzbohlen. Der Nebel ist noch dichter geworden, als hätte er sich in der engen Gasse zusammengezogen. Lukas fragt sich, warum er Gretchen noch nie zuvor gesehen hat. Und dass Neue zugezogen wären, hat er auch nicht gehört. Ihre Stimme verscheucht seine Gedanken.

„Gute Nacht, Lukas."

Wie gelähmt steht er da. Gerne würde er sie noch einmal in den Arm nehmen und fragen, wann sie sich wiedersehen. Er nimmt seinen Mut zusammen, um ihr einen Kuss auf die Wange zu hauchen, als er ihre Lippen auf seinen spürt, ihre forschende Zunge in seinem Mund.

„Komm mit in den Keller", hört er sie sagen, als sie wieder voneinander lassen, um Atem zu holen. „Da sieht uns niemand."

Mit einer Hand öffnet sie das schwere Bohlentor, mit der anderen umfasst sie seine Hüfte. Er ist erstaunt, wie geräuschlos sich das alte Tor in den gusseisernen Angeln bewegen lässt. Auf der Kellertreppe stehen brennende Kerzen und verbreiten ein warmes, flackerndes Licht. Wow, denkt er, was hat sie vor? Sie zieht ihn auf die oberste Stufe und schließt das Tor hinter ihnen. Hand in Hand steigen sie in den alten Gewölbekeller hinab. Rußende Fackeln an den Wänden verbreiten eine gemütliche, aber auch leicht schaurige Stimmung. Er erkennt einen roh behauenen Tisch mit einigen Schemeln davor. An der Wand hängt eine hölzerne Pritsche.

„Gefällt es dir hier?", fragt Gretchen, doch bevor er antworten kann, schlingt sie wieder die Arme um ihn und küsst ihn. Er schließt die Augen und erwidert den Kuss leidenschaftlich, bis er unvermittelt zu frösteln beginnt. Gretchens ehedem warmer, fester Körper fühlt sich plötzlich eisig und zerfurcht an. Zudem hat er den fettigen Geruch von kaltem Braten in der Nase. Er öffnet die Augen und fährt entsetzt zurück. Sein Herz setzt deutlich länger als nur ein oder zwei Schläge aus, der grauenvolle Anblick bringt ihn beinahe um den Verstand. Gretchen erkennt er nur noch an dem roten Zopf und der Kleidung. Ihr Gesicht und ihre Hände bestehen aus blasigem, rohem Fleisch, auf Stirn, Wangen und Handrücken liegen bleiche Knochen frei. Statt weicher Lippen und einer hübschen Nase sind da nur noch zwei unförmige schwarze Löcher, kalt und grausam starren ihn lidlose Augen aus einem Totenschädel an. Er fühlt Schwindel aufsteigen, jede Kraft ist aus seinen Gliedern gewichen, Körper und Geist sind gelähmt.

„Nicht Gretchen, Margaretha Velten, Müllers Tochter, heißt man mich", sagt die Kreatur, die eben noch sein Gretchen war. „Einst schenkt' mein Herz ich dem Schultheißen Mergeler, doch der nahm sich nur meine Unschuld und bezichtigte mich der Hexerei, als sein Tun ruchbar wurde.

Schnell waren die ehrbaren Bürger Hofheims mit ihrem Urteil bei der Hand und zwangen mich ins Feuer. Als die Flammen schon nach mir züngelten und der beißende Qualm mir den Atem raubte, da schwor ich beim Beelzebub, zurückzukehren und es euch Hofheimer Pack zu vergelten."

Margarethas irres Lachen hallt von den Wänden wider, schneidet in sein Trommelfell und reißt ihn aus der Schockstarre. Sein Fluchtreflex gewinnt die Oberhand, nur raus hier, weg von diesem Horror! Doch wo er eben noch mit Gretchen die Treppe herabgestiegen war, befindet sich jetzt eine weitere Wand ...

WENN DIE WAHRHEIT ANS LICHT KOMMT
von Leif Tewes

Der Tag, an dem Herbert F. von der Wahrheit eingeholt wurde, war ein Sonntag. Er stand gequält vor dem Venezia, bis die Familie vor ihm endlich mit Schokoladeneis versorgt war, und überlegte, ob er mit dem Dreierbällchen Vanille-Banane-Nuss zum alten Rathaus hochschlendern oder sich auf eine Bank am Marktplatz setzen sollte, als sein Handy klingelte. Unbekannte Nummer? An einem Sonntag? Vor der Eisdiele? Und wer hatte überhaupt seine Nummer? Seine Frau war seit zwölf Jahren weg, Kinder hatten sie keine, und von seinen Arbeitskollegen hatte sich nie jemand für seine Handynummer interessiert. Widerwillig trat er aus der Schlange raus und nahm das Gespräch an.

Wie sich herausstellte, war der Anrufer ein Anwalt. Er entschuldigte sich für die Störung an einem Sonntag, aber es ginge um den Nachlass. Überrascht fragte Herbert F., um wessen Nachlass. Der Anwalt zögerte kurz und schien begriffen zu haben, dass Herbert F. nicht wusste, dass sein

Vater drei Tage zuvor verstorben war. Entsprechend verstört lauschte Herbert F. den knappen Ausführungen: Die Krebstherapie habe nicht angeschlagen, am Ende sei es schnell gegangen. Herbert F. täuschte ein trauerndes Stöhnen vor, in Wahrheit wusste er nicht, dass sein Vater seit mehreren Monaten in Behandlung gewesen war. Wie auch, sie hatten seit zwölf Jahren keinen Kontakt.

Nun ginge es um den Nachlass und da gebe es Probleme. Welche?, fragte Herbert F., der als einziger Sohn seines Vaters, der zudem schon länger Witwer war, fest davon überzeugt war, dass ihm das nicht unbeträchtliche Erbe zufallen würde. Das Erbe, das Herbert F. in seiner Lebensplanung so fest einkalkuliert hatte, dass er sich die Lebensversicherung schon vor einigen Jahren hatte ausbezahlen lassen, um vorerst damit seine Neigungen zu finanzieren. Das Problem, so der Anwalt auf seine Frage, könne er jetzt am Telefon nicht besprechen, er habe nur angerufen, um ihn zu bitten, doch am Montag in der Kanzlei vorbeizukommen. Reflexhaft sagte Herbert F. zu, dann war das Gespräch beendet. Er vergaß seinen Wunsch nach einem Dreierbällchen Vanille-Banane-Nuss, die Angst kam hoch. Sollte der Anwalt davon wissen?

Jetzt, nach so langer Zeit? War das Erbe in Gefahr? Gar sein Leben?

Am Montagmorgen, er hatte sich extra einen Anzug angezogen, den er noch aus der Zeit seiner Ehe besaß, klingelte er zehn Minuten zu früh an der schweren modernen Tür der Kanzlei, die auf halber Höhe am Kapellenberg residierte. Der graue Marmorboden schimmerte wie die Fensterrahmen, Herbert F. bewunderte kurz, wie selbstverständlich die Empfangsdame auf den sehr hohen Stöckelschuhen hinter ihrem Verbau hervorkommend über diesen teuflisch glatten Untergrund schwebte und ihn in den Warteraum des Anwalts begleitete.

Pünktlich öffnete der Anwalt seine Bürotür und wies ihm den Besucherplatz an einem großen Glastisch zu. Der Smalltalk erschien Herbert F. etwas gezwungen, der Kaffee war längst eingeschenkt, und erst als er den Anwalt mit steigender Ungeduld fragte, worin denn nun genau dieses Problem bestünde, räusperte sich der Anwalt, schob eine dicke Mappe vor sich hin und her und schlug sie schließlich auf.

Was denn genau vor zwölf Jahren vorgefallen sei?, fragte der Anwalt. Wieso?, erwiderte Herbert F. Er klang unsicher. Also, räusperte sich der

Anwalt, der Verstorbene habe in diesem Testament ihn, dabei deutete er auf Herbert F., vollständig enterbt. Da dies heutzutage so ohne weiteres nicht möglich sei, Pflichtanteil und so, beziehe sich der Verstorbene auf einen Vorfall vor zwölf Jahren, der ausreichend Argumente liefere, um die wenigen rechtlich möglichen Ausnahmen der Enterbung zu begründen. Wenn, so der Anwalt weiter, der einzige und nunmehr enterbte Sohn auf seinen Pflichtteil bestehe und also gegen die Enterbung klagen wolle, so sei er als Notar und Anwalt berechtigt, diesen versiegelten Umschlag - dabei hielt er einen dicken braunen Umschlag hoch - zu öffnen und dem Gericht zu übergeben. Der Anwalt legte den Umschlag in die Mappe, schlug sie zu und blickte ohne erkennbare Regung Herbert F. an.

Herbert F. schwieg und knetete nervös seine Finger, die aufsteigende Angst knallte in seine blassen Wangen. Dabei war damals doch alles unter den Tisch gekehrt worden. Er hatte seiner Frau das Leben zur Hölle gemacht, sie sozusagen eingekerkert, bildlich und im übertragenen Sinne, bis sie sich befreit und ihrem Schwiegervater anvertraut hatte. Sein eigener Vater hatte ihn verraten, sich auf die Seite dieser Schlampe und Verräterin gestellt, ihn verstoßen, und nun auch noch enterbt. Mittellos gemacht. In die ewige Verdammnis geschickt. Bestraft, lebenslang. Nach außen führte er schon immer ein normales Leben, seinen Arbeitskollegen hatte er erzählt, seine Frau sei mit einem erfolgreichen Architekten abgehauen, die blöde Kuh, die. Jetzt sollte er also wählen: die einzige Chance auf ein geruhsames Restleben mittels des auch als Pflichtteil erheblichen Erbes nutzen in der Gefahr, seine dunkle Seite in dem von Neonröhren erhellten Saal eines Amtsgerichts durchleuchten lassen zu müssen, oder für immer dafür büßen, diese seine schwarze Seite nie bekämpft zu haben? Nie das finstere Verlies seiner Sehnsüchte abgeschlossen zu haben?

Er müsse, antwortete Herbert F., darüber nachdenken. Er stand auf, verließ das Büro des Anwalts und ging nach Hause, die Treppe hinab in den Keller und betrachtete diese eine Tür, hinter der er bis vor zwölf Jahren an seiner Frau, seitdem an käuflichen Frauen seine nunmehr kostspieligen Phantasien ausgelebt hatte.

Abschließen oder aufmachen? Kampf oder Flucht?

KELLERCLIQUE

von Susanne Kronenberg

„Meine Damen und Herren, liebe Gäste! Wir alle sind sehr gespannt auf den autobiografischen Bestseller ‚Kellerclique‘, in dem unser heutiger Gast ungeschönt seine Jugend in unserer Stadt schildert." Der Erfolgsautor wohne in Berlin und sei auf Initiative seiner Hofheimer Freunde zu dieser Lesung gekommen, erklärt die Veranstalterin mit strahlendem Lächeln und bittet den Schriftsteller auf die Bühne.

„Begrüßen Sie Jolo Ungut, einen gebürtigen Hofheimer."

Überschwänglicher Applaus erfüllt das Foyer im Hofheimer Stadtmuseum, dessen Stuhlreihen bis auf den letzten Platz besetzt sind. Mit Mühe ergattere ich einen zusätzlichen Klappstuhl und stelle ihn dezent an der Seite auf, sodass ich einen freien Blick auf die Gesichter der Zuschauer habe.

Verstohlen halte ich nach der alten Clique Ausschau. Wenige Meter unterhalb des Museums, im damaligen Jazzkeller, trafen wir uns oft. Wen würde ich wiedererkennen? Dreißig Jahre hinterlassen Spuren. Der schwergewichtige Kahlkopf in einer der vorderen Reihen erinnert mich im Profil an, ja, an Klaus. An den schlaksigen Klaus, der immer das große Wort führte. Und die Frau an seiner Seite - grazil, rothaarig, sich selbstbewusst umschauend - ist womöglich Judith. Judith, in die ich verknallt war bis zur Besinnungslosigkeit! Und die damals nur Augen für Jolo hatte. Ich wage einen direkten Blick. Sie schaut zurück. Durchaus interessiert, aber ohne jede Vertrautheit. Wie auch? Mein austrainierter Körper, der trendige Undercut und die Hipsterbrille wecken keinerlei Erinnerungen an den verklemmten Typen von damals, der sich der Clique einst penetrant an die Fersen heftete und alle Wegbeißattacken schmerzfrei ignorierte.

Mein Blick gleitet zu Judiths Sitznachbarin, die sich vertraulich bei ihr eingehakt hat. Umgeben sich attraktive Frauen nicht bevorzugt mit wenig ansehnlichen Begleiterinnen, um die eigene Schönheit zu betonen? Hier trifft es zweifellos zu. Eine rissige Narbe durchschneidet das Gesicht der anderen von der Stirn bis zum Kinn und schlägt einen groben Haken um den grotesk eingedellten Nasenrücken. Die Entfernung macht deutlich, wie sehr alle Bemühungen, die Entstellung mit Makeup zu kaschieren, zum Scheitern verurteilt sind. Als Teenager fürchtete Judith keine Konkurrenz und hing andauernd mit Eva zusammen. Auch Eva war hübsch gewesen. Verdammt hübsch sogar! Und sie hatte mich ebenso um den Verstand gebracht und abblitzen lassen wie Judith.

Ich konzentriere mich auf den Autor am Stehpult. Jolo Ungut - eigentlich Johannes Lothar Ungut - haben die Jahre wenig anhaben können. Von jeher webte sich ein arroganter Ausdruck in sein Intellektuellengesicht, sobald er zu sprechen begann. An diesem Abend hat er eine Menge zu erzählen und Vieles vorzutragen. Es wird sein letzter Auftritt sein. Nervös taste ich nach dem Butterflymesser in meiner Hosentasche.

Auf die Lesung bin ich vorbereitet, ich habe keine Seite ausgelassen. Jolo hat den Romanfiguren andere Namen gegeben, aber ich weiß genau, wer gemeint ist, wenn er über „Jens" schreibt, der für unsere Spritztouren die Autoschlüssel seiner Eltern stibitzte und im realen Leben Klaus hieß. Hinter „Paula", die schon mit fünfzehn, was Jungs betraf, nichts anbrennen ließ, verbirgt sich Judith. Und Eva, die sich ungeniert am Ersparten ihrer Mutter bediente und damit zuhause jede Putzfrau in Verdacht und um den Job brachte, nennt er im Roman „Biggi". Für das gemobbte Cliquenanhängsel hat Jolo sich kein Pseudonym einfallen lassen. Der Junge heißt wie ich: René.

Jolo verstand sich bereits in jungen Jahren bestens darauf, die Wahrheit nach seinem Gusto zurechtzurücken. Dass René das Mädchen Biggi alias Eva die Stufen des Meisterturms heruntergestoßen haben soll, ist eine infame Lüge. Es war nicht der Aussichtsturm! Den Schubs verpasste ich Eva, als sie vor mir die lange, steile Treppe unterhalb der Bergkapelle hinabstieg. Eva behauptete anschließend, „gefühlt" zu haben, dass ich sie zu Fall gebracht hätte, aber sie war angetrunken gewesen, und es gab keine Zeugen. Meine Eltern schickten mich unverzüglich aufs Internat. Die Clique traf ich nicht wieder und hörte nur am Rande von Evas Aufenthalten in diversen Kliniken und den vielen Operationen.

Gebannt lauscht das Publikum Jolo, der den Vorfall vollmundig „Mordversuch aus verschmähter Liebe" nennt und die Motivation des Täters in epischer Breite zum Besten gibt. Mein Herzschlag zieht an wie bei einem Hundert-Meter-Sprint. Noch in dieser Nacht wird die neue Lichtgestalt der deutschen Literatur zu spüren bekommen, was es bedeutet, mich zur Spottfigur zu machen und an der Wahrheit vorbei zu erzählen!

Begierig warte ich auf das Ende der Veranstaltung. Endlich hat der Autor die Schlange der Zuschauer, die ihm Bücher zum Signieren reichen, abgearbeitet und verabschiedet sich vom Team des Museums. Klaus, Judith und die Freundin sind schon gegangen. Ich schlage den Mantelkragen hoch und folgte Jolo durch die winterliche Burgstraße. Im Gehen ziehe ich das Messer aus der Tasche und lasse die Klinge hervorschnellen, die im Laternenlicht aufblitzt. Als habe er alle Zeit der Welt, biegt Jolo vor mir in eine dunkle Gasse ab. Auf Zehenspitzen husche ich an einer Hofeinfahrt vorbei, immer dicht hinter ihm. Mit einem Satz hole ich ihn ein, reiße die Hand mit dem Messer hoch und …

Bevor ich zustechen kann, fährt Jolo herum und brüllt: „Da ist er! Los jetzt!"

Eine Bewegung in meinem Rücken. Ein teuflischer Schlag trifft meine Schläfe. Der Schmerz ist höllisch. Warme Feuchtigkeit strömt mir in die Augen. Ich verliere das Messer, sinke auf die Knie und schlage schwer auf der Seite auf. Durch einen blutigen Schleier sehe ich Schuhe auf mich zukommen: Jolos schwarze Slipper, die Sneakers von Klaus, zwei Paar schmale, hochhackige Lederstiefel.

„Uff!", höre ich Jolo aufgeregt schnaufen. „Das war knapp. Ich hätte nicht geglaubt, dass euer Plan aufgeht."

„Wieso nicht?", zischt Klaus voller Genugtuung. „Er ist wie der René in deinem Buch. Ehrenkäsig und rachsüchtig."

„Hat sich in die Falle locken lassen, der Idiot", flüstert Judiths Elfenstimme.

Auch die dunkle Stimme der anderen klingt wie damals. „Der erste Hammerschlag war für mein zerstörtes Gesicht. Der zweite ist für mein verkorkstes Leben."

Hilflos harre ich am Boden aus und vernehme den scharfen Atemzug, mit dem Eva sich für den nächsten Hieb wappnet.

DER TÖDLICHE RATHAUSBRUNNEN
von Dominick Mondorff

Larmayer war ein berühmter Architekt und weit über die Grenzen Hofheims bekannt für seine Bauwerke. Reich war er geworden. Doch mit sechzig setzte er den Schlusspunkt. Einfaches Leben statt große Gala, Fahrrad statt teurer Limousinen. Rückzug ins Lokale.

Seine Mutter ist neunzig Jahre alt, ist nicht mehr gut zu Fuß. Für sie lässt er einen Anhänger an sein Fahrrad bauen. Die Mutter ist zuerst wenig begeistert, betrachtet Larmayers Fahrradriksha als Abstieg. Doch dann findet sie immer mehr Gefallen daran. Sie macht es sich bequem und grüßt die Hofheimer Einwohnerschaft auf ihre Weise. Geknickter Ellenbogen, locker den Handrücken nach außen wippend. „Ganz wie die Queen", sagen die Hofheimer. Die meisten spöttisch.

Am ersten Juli durchfährt das seltsame Gespann die Hauptstraße.

Dann - ein Schuss!

Larmayer wird von einer Schrotladung in die Schulter getroffen, taumelt aus der Riksha, schlägt mit dem Kopf auf den Rand des

Laufbrunnens vor dem Alten Rathaus. Ist sofort tot. Tödlich nicht der Schrotschuss in die Schulter, sondern der Schlag mit dem Kopf auf die steinerne Umrandung.

„Larmayer, Larmayer", schreit die alte Mutter, die ihren Sohn schon als kleines Kind nie beim Vornamen nannte.

Henry Schultkopf ist sofort bei ihr. Nimmt sie in den Arm. Tröstet sie. Schultkopf war lange der Nachbar der Larmayers gewesen, bis er im Alter in die Altstadt umzogen ist.

„Ich habe alles mit angesehen. Schrecklich." Dabei streicht er ihr liebevoll über den Kopf.

Frau Larmayer ist zu keiner Aussage fähig, steht unter Schock. Kommissar Schoppenreuther hält sich deshalb an Schultkopf.

Der sagt: „Ein Mann in Fleece-Jacke mit Hut, geknickte Hutkrempe. Wie Jäger heute halt so aussehen. Festes Schuhwerk. Flinte in der Hand."

„Sie kennen ihn?"

„Habe ihn nur kurz gesehen. Von hinten. Etwa einsachtzig groß. Wer es war, weiß ich nicht."

„Sie haben ihn beim Schießen beobachtet?"

„Beim Schießen nicht. Da habe ich niemanden gesehen. Aber eine halbe Minute zuvor habe ich ihn gesehen."

Altstadttreffen der örtlichen Jägerschaft. Mitten hinein in den Stammtisch platzt die Polizei mit der Nachricht: Larmayer angeschossen mit einem Schrotgewehr, anschließend Tod durch Schädelbruch. Ein gewisser Schultkopf hat es beobachtet. Kommissar Schoppenreuther blickt in die Runde.

„Schultkopf, nie gehört", sagen fast alle. Dann doch: „Habe ich schon gehört. Ist ein Nachbar der Larmayers."

„War deren Nachbar. Wohnt jetzt hier um die Ecke. Ist jetzt mein Nachbar."

Suspekt sind alle Besitzer einer Jagdflinte. Besonders verdächtig sind drei unter ihnen: Jäger Larmayer, Cousin des Getöteten. Verdächtig wegen eines alten Familienzwistes.

Jäger Fürbittstein, ehemaliger Jagdbruder des toten Larmayer. Verdächtig wegen eines zwanzig Jahre währenden Streits über den abenteuerlich hohen Betrag, den Fürbittstein schlussendlich für das von Larmayer geplante Haus zu zahlen hatte.

Und schließlich Jäger Hasengrün, ebenfalls Jagdbruder des toten Larmayer und tief gekränkt wegen dessen Verhalten. „Ein Mann, der auf sich hält, kurvt nicht mit einer Fahrradrikscha durch die Fußgängerzone. Eine Beleidigung für die Jägerschaft ist das."

Cousin Larmayer ist rasch unverdächtig. Stand zur Tatzeit schon bei der Wirtin am Tresen. Kommt immer früh zum Jägerstammtisch. Zwei Meter groß. Nach Zeugenaussagen unverdächtig.

Fürbittstein ist sehr verdächtig. Einsneunundsiebzig groß. Er war bei den Ersten, verließ aber die Runde kurz. Genau zum Tatzeitpunkt.

„Hast du nicht erzählt, dass du nach Jahren jetzt den Prozess gegen Larmayer verloren hast?", fragt ihn ein Jagdbruder.

„Umbringen hätte ich ihn können, den Halsabschneider!"

„Und - haben Sie?", fragt Kommissar Schoppenreuhter.

„Wenn's noch was genutzt hätte, vielleicht."

Fürbittstein hat aber sein Gewehr dabei. Es liegt im Auto. Geht es in Begleitung eines jungen Beamten holen.

„Ihr könnt doch sicher feststellen, dass da seit heute in der Früh kein Schuss mehr abgegeben worden ist."

„Aber Ihre Krempe!", deutet Schoppenreuther auf Fürbittsteins Hut auf dem Tisch.

„Meine Krempe?"

„Ihre Hutkrempe ist umgebogen. Wie beim Mörder."

Auch Jäger Hasengrün ist sehr verdächtig. Kam verspätet zum Stammtisch. Wollte nichts bemerkt haben von dem Ereignis, obwohl nach dem Schuss Riesentrubel in der Altstadt tobte.

„Einsachtzig sind Sie auch noch", bemerkt Schoppenreuther.

„Einseinundachtzig."

„Auch gut. Wütend auf Larmayer?"

„Stehe ich dazu. Macht sich lächerlich. Und den ganzen Jägerstand. Fühle mich persönlich dem Gespött ausgesetzt. Fahrradrikscha. Pah!"

„Wo ist Ihr Hut?"

„Trage nie Hut."

„Wo ist Ihr Gewehr?"

„Meine Flinte? Hab' ich zu Hause. Benutze ich nicht mehr."

„Okay. Sie fahren mit meinem Kollegen nach Hause und zeigen sie ihm!"

„Können wir machen. Muss sie aber suchen. Seit dem Umbau des Hauses habe ich sie nicht mehr gesehen."

„Verdächtig", sagt Schoppenreuther.

„Sie hat den Schützen gesehen. Den, der geschossen hat!" Ein junger Beamter eilt herbei, ganz aus der Puste, ruft es laut.

„Wer?"

„Frau Larmayer hat den Mörder gesehen."

„Mitkommen. Alle!", befiehlt Schoppenreuther.

Frau Larmayer liegt im Krankenwagen. So, dass sie aus dem Wagen heraus auf die Ankommenden schauen kann.

Der Notarzt zuckt die Schulter. „Eigentlich geht das nicht. Also machen Sie's kurz."

Frau Larmayer schaut mit strengem Blick auf die Jäger. Lächelt Schultkopf zu. „Keiner wollte den Larmayer umbringen."

„Wie?", fragt Schoppenreuther. „Was meinen Sie damit?"

„Mich wollte er umbringen."

„Sie steht noch unter Schock", sagt der Notarzt.

„Habe mich vorgedrängelt vorgestern beim Metzger. Da war er sauer."

Frau Larmayer schaut abwechselnd jeden der Jäger an. Mit finsterem Blick. „Ich habe ihn heute aber gesehen. Von der Rikscha aus. Er hatte das Gewehr schon in der Hand."

„Wer, wer war es?" Schoppenreuther ist ungeduldig.

„Die Queen. Typisch Queen. Hat er beim Metzger gesagt, aber nicht humorvoll. Winkt dem Volk zu. Drängt sich vor gewöhnliche Menschen. Er war böse. Böse Stimme. Böser Blick."

„Wer? Sagen Sie doch, wer es war."

Sie schaut zum groß gewachsenen Larmayer. Der erschrickt.

„Ich habe ein Alibi, Larmayerin. Die Wirtin."

„Papperlapapp, Cousin Larmayer, ich weiß Bescheid. Hast ihm wieder ein Gewehr geliehen für Schießübungen, stimmt's? Weil er immer das neueste Fabrikat ausprobieren will."

Cousin Larmeyers Kopf läuft rot an.

„Wer, wer war's? Sagen Sie es endlich", drängt Schoppenreuther.

Frau Larmayer richtet den Zeigefinger auf Jäger Fürbittstein. „Windiger Geschäftsmann! Schade, dass Sie es nicht waren."

Dann auf Hasengrün. „Eingebildet, hochnäsig. Unsympath."

Dabei schüttelt sie den Kopf.

Ihr Finger wandert zu Schoppenreuther.

„Ich war es bestimmt nicht", ruft der Kommissar nun laut und fast ein wenig zornig.

„Du warst es!"

Und dabei zeigt ihr Finger auf Henry Schultkopf, ihren ehemaligen Nachbarn. „Leihst dir vom Cousin Larmayer die Flinte für Schießübungen, um die Queen totzuschießen, du Mörder!" Dabei kullert ihr eine Träne über die Wange.

Schultkopf steht ungerührt. „Irre Fantasie, die Larmayer", sagt er. „Das Einzige, was stimmt: Die Lady hat sich vorgedrängt. Unverschämt vorgedrängt beim Metzger."

Cousin Larmayer braust auf: „Zum Üben, zum Üben!" Er schaut mit blitzenden Augen zu Schultkopf. „Zum Üben, nicht zum Totschießen habe ich dir die Flinte geliehen!"

Schultkopf ist ganz weiß im Gesicht. Er wankt ein wenig. Es fällt ihm schwer sich aufrecht zu halten. Er tritt an den Krankenwagen, hebt seine Arme in hilfloser Geste.

Schoppenreuther ist zufrieden. „Sie kommen beide mit! Der Schütze und sein Helfer."

Frau Larmayer hat immer noch tränenfeuchte Augen. Wehmütig spricht sie: „Bestrafen Sie den Schultkopf hart!" Sie streckt ihren linken Arm, hebt den Zeigefinger. „Freigang nur, wenn er mich dann mit der Rikscha durch die Altstadt kutschiert."

STREIT HINTER DEM WASSER

von Marga Rodmann

Thorsten verlässt die Schule. Vorsichtig setzt er einen Fuß vor den anderen und konzentriert sich auf die Stufen, die er hinuntersteigen muss. Es ist nicht weit bis nachhause.

Seine Mutter traut ihm zu, den Weg alleine zu schaffen. Immerhin ist er schon zwölf. Aber Laufen und Denken fallen ihm schwer. Jetzt, nach der Therapie-Stunde mit den Hunden, klappt beides besser. Den komplizierten Namen seiner Schule kann er aber immer noch nicht aussprechen. Für ihn ist es die Friedrich-Schule.

In seiner Tasche hat er einen Brief, den ihm die Lehrerin mitgegeben hat. Seine Mutter wird sauer sein, wenn sie ihn liest. Sie wird immer sauer, wenn Briefe aus der Schule kommen.

Aber er will, dass seine Mutter lächelt, wenn sie ihn sieht. Er zögert. Anstatt in die Leipziger Straße einzubiegen, läuft er weiter zum Kreishaus und schlendert quer über das Gelände zu dem Teich, um den Heimweg auszudehnen. Er setzt sich auf einen Baumstumpf und wirft Steinchen ins Wasser. Dabei beobachtet er die hüpfenden

Wassertropfen. Sie springen in die Höhe und glitzern in der Sonne. Dann fallen sie wieder hinab und verlieren ihre Form.

Laute Stimmen schrecken ihn auf. Zwei Männer auf dem Weg zwischen den Bäumen streiten sich. Thorsten mag keine lauten Stimmen und keinen Streit. Er springt auf und versteckt sich in den Büschen.

Das Gebrüll der beiden Männer wird lauter. Böse. Plötzlich hat der eine ein Messer in der Hand. Sie kämpfen miteinander. Ein Schrei. Es fließt Blut. Einer der Männer liegt am Boden. Thorsten will das nicht sehen und schließt die Augen. Langsam schaukelt er vor und zurück. So kann er auch die Stimmen in den Hintergrund drängen und alles von sich fernhalten. Lange bleibt er so sitzen, bis alle Geräusche um ihn herum verstummt sind.

Nur die Vögel zwitschern, als sei nichts geschehen.

Thorsten tut auch so, als sei nichts geschehen. Er geht los, ohne auf die Stelle zu blicken, an der er die Männer zuvor gesehen hat.

„Mein Kind. Haben Sie mein Kind gesehen?"
Aufgeregt bleibt Rita vor der alten Frau stehen.

„Ihr Kind ist doch der behinderte Junge, oder?
Dass Sie den alleine von der Schule laufen lassen
…" Sie schnalzt missbilligend mit der Zunge und
schüttelt den Kopf.

„Normalerweise kann er das. Haben Sie ihn denn
heute gesehen?"

„Nein."

Rita hastet weiter in Richtung Bodelschwingh-
Schule, obwohl sie den Weg zuvor schon abgelau-
fen ist. Wieder nichts. Enttäuscht läuft sie zurück.
Da sieht sie Thorsten von der anderen Seite kommen. Seine Beine schlackern stärker als sonst. Er
sieht aus, als würde er jeden Moment die Kontrolle
über seinen Körper verlieren.

Schnell geht sie ihm entgegen und nimmt ihn in
die Arme. „Was ist denn los, mein Schatz? Wo
warst du denn?"

„Nicht böse?"

„Nein, ich bin dir nicht böse. Ich habe mir Sorgen gemacht."

Thorsten drückt sich fest an seine Mutter und erzählt stockend, was er gesehen hat. Oft fehlen ihm

die richtigen Worte. Aber seine Mutter kennt ihn. Sie versteht ihn.

„Das müssen wir der Polizei sagen.“

Der Beamte in der Polizeistation sieht Thorsten skeptisch an, als dieser sich mit den Worten abmüht. Rita muss immer wieder einspringen, um zu erläutern, was der Junge meint. Ein zwölfjähriger Junge wäre sicher glaubwürdig. Ein zwölfjähriger behinderter Junge hingegen nicht. Dennoch erklärt der Polizist sich bereit, eine Streife zum Tatort zu schicken. Rita und Thorsten sollen mitkommen. Doch vor Ort ist nichts Verdächtiges zu sehen. Keine Leiche und auch keine Blutlache.

„Na, da hat wohl jemand zu viel Fantasie gehabt, was?“ Die beiden Polizisten grinsen sich an und lassen Rita und ihren Sohn am Teich stehen. Polizeipraktikantin Anna, die sie begleitet, sieht Thorsten nachdenklich an.

Anna glaubt dem Jungen, was sie sich allerdings nicht zu sagen traut. Sie versteht nicht, warum ihre Kollegen den Tatort nicht genauer untersucht haben. Zurück auf der Wache nimmt sie ein Paar Handschuhe und ein Röhrchen aus der Schublade. Nach Feierabend geht sie nochmal zu dem Teich am Kreishaus, streift die Handschuhe über und befühlt den sonderbar glatten Erdboden. Unter der Oberfläche ist er feucht. Anna schiebt etwas Erde ins Röhrchen und geht nachhause.

Am folgenden Tag geht sie gleich zu Lars, dem Forensiker, und bittet ihn, den Inhalt des Röhrchens zu analysieren.

„Ein Alleingang?"

„Bitte, das macht doch nicht viel Arbeit, oder?"

„Na gut, weil du so ein nettes Mädchen bist." Er zwinkert ihr zu. „Aber erwarte das Ergebnis nicht zu schnell. Ich habe viel Arbeit."

„Danke."

Doch eine Stunde später klingelt bei Anna das Telefon.

„Wo genau hast du das nochmal her?"

„Von der Stelle, an der der behinderte Junge die Tat beobachtet hat. Haben will, wirst du mich jetzt korrigieren."

„Ich kann nur sagen, dass ich tatsächlich Blutpartikel gefunden habe. Menschliches Blut. Das heißt natürlich noch nichts. Aber so viel, dass der Tatort eingehend untersucht werden sollte."

Anna strahlt, trotz des bösen Blicks ihres Vorgesetzten. Noch am gleichen Tag wird das Areal rund um den See genauer untersucht. Weitere

Blutspuren werden entdeckt und eine nicht ganz sauber verwischte Schleifspur zum Wasser. Ein Taucher macht sich bereit und entdeckt kurze Zeit später eine mit Steinen beschwerte männliche Leiche im schlammigen Grund. Die Verletzungen passen zu dem, was der Junge erzählt hatte. Der etwa sechzigjährige Mann wurde erstochen.

Es klingelt. Rita öffnet die Tür.

Vor ihr stehen die beiden Polizisten, die mit ihnen zum Teich am Kreishaus gefahren waren. „Wir möchten uns bei Ihnen entschuldigen. Bei Ihnen und Ihrem Sohn. Ihr Sohn hatte Recht. Dank ihm konnten wir tatsächlich einem Mord auf die Spur kommen."

Thorsten ist leise neben seine Mutter getreten. Er lächelt.

FACHWERKENGE

von Burkhard Mohr

Den ersten Morgen im neuen Haus hatte sich Schwebenitz anders vorgestellt. Zugegeben, das schnuckelige Fachwerkhaus lag in der Hofheimer Hauptstraße, und ihm war klar gewesen, dass dort in der Innenstadt viel Verkehr sein würde. Doch dieser Tumult kam gänzlich unerwartet.

Was ihn geweckt hatte, war ein polizeiliches Treiben, das anscheinend mit dem Nachbarhaus zu tun hatte. Um besser sehen zu können, eilte er schnell hinaus auf den abgetretenen schmalen Hausstein. Nur um mit Schrecken festzustellen: Der Parkplatz vor dem Nebenhaus war leer. Nichts zu sehen von seinem Porsche, der dort einen privilegierten Stellplatz hatte, was auf einem Arrangement beruhte, das fast so wertvoll war wie das ganze Häuschen in dieser altstädtischen Enge.

Einer der Einsatzwagen der Polizei parkte ungeniert auf ebenjenem Platz, der eigentlich für ihn reserviert war. Nur weil die Frau seines neuen Nachbarn auf Dauer in einem Seniorenstift war, hatte er diesen Stellplatz bekommen. Mit äußerster Anspannung näherte er sich der Sperre vor der nachbarschaftlichen Haustür. Eine etwas herbe Polizistin kam auch schon herbei und fragte, ob er nebenan wohne? Ja, sagte er, und schob schnell hinterher, was es denn gebe? Wir ermitteln, sagte sie knapp, und dass er sich zur Verfügung halten müsse. Seine Vernehmung stünde kurz bevor.

Trotz des Schocks gelang es ihm zu fragen, ob die Sache im Haus damit zu tun habe, dass auf diesem Platz - er zeigte aufgeregt zu dem Polizeiwagen - eigentlich sein Porsche gestanden habe? Hm, meinte die Polizistin, das könne man noch nicht sagen, gleich käme jemand zu ihm.

Schwebenitz hatte eigentlich zum Frühstück etwas in dem verlockenden Café holen wollen, das im Alten Rathaus an genialer Stelle platziert war. Aber weder das Getümmel auf der Straße mit all den Gaffern noch sein mentaler Zustand erlaubten diesen kurzen Gang, auf den er sich so gefreut hatte. Ganz abgesehen davon, dass in Kürze mit einer Vernehmung zu rechnen war. Unschlüssig ging Schwebenitz in der Küche auf und ab, mehr in Sorge um seinen offenbar gestohlenen Luxuswagen als um das Schicksal des alten Herrn im Nachbarhaus. Als ihm endlich klar wurde, dass ein selbst aufgebrühter Kaffee immerhin ein Anfang

wäre für den Magen und sein Gemüt, klingelte ein
Beamter an der Tür, der sich als Kommissar Heun
vorstellte.

Und wahrhaftig, Schwebenitz hatte möglicherweise als Letzter den Greis gesehen, der nun Opfer
einer Gewalttat geworden war. Vermutlich ein
tödlicher Faustschlag, lautete die Formulierung
des Kommissars. Schwebenitz wurde jetzt richtig
übel, und Heun gestand ihm gerne einen Cognac
zur Beruhigung zu, den er mit einem Schluck he-
runterschüttete. Ja, er habe mit dem Alten am Vorabend kurz gesprochen, doch sei ihm nichts Unge-
wöhnliches aufgefallen. Er erzählte Heun von der
Abmachung mit dem Stellplatz und dass sein Porsche offenbar gestohlen worden war. Der Kommissar war sichtlich betreten darüber, dass sie mit
dem Polizeiwagen vielleicht nichtsahnend Spuren
vernichtet hatten, falls beide Vorgänge miteinander zusammenhingen. Schwebenitz nutzte die
kurze peinliche Stille, um sich zu einer Bemerkung
durchzuringen, die ihm seinerseits nicht besonders
angenehm war. Denn in seinem Porsche Cayenne
Turbo III befand sich die modernste Wegfahrsperre, die je erdacht worden war. Es war eine in-
telligente, mechanische und internetbasierte

Konstruktion, einmalig auf der Welt und die allerneueste Erfindung.

Der Beamte war ein professioneller Zuhörer, der sich keine Häme über den trotz modernster Technik verschwundenen Wagen anmerken ließ. Wenigstens das.

Was Schwebenitz lieber nicht sagte: Die Kanzlei, bei der er bis vor kurzem als Anwalt tätig gewesen war, war siegreich aus einem Patentstreit hervorgegangen, in dem es um die Urheberschaft einer wichtigen Komponente der Wegfahrsperre ging. Sie hatten den Prozess zugunsten ihres Mandanten, eines Autozulieferers, gewonnen, sodass dieser mit der Produktion der neuen Sonderausstattung beginnen konnte. Aber die ganze Sache hatte die Sozietät derart strapaziert, dass interne Eifersüchteleien über Schwebenitz' Anteil am Gelingen des Verfahrens letztlich zu seiner Kündigung geführt hatten. Ein ultimativer Pyrrhus-Sieg - zum Glück versüßt durch eine äußerst großzügige Abfindung.

Aber nun war die Wegfahrsperre geknackt, die angeblich hundertprozentige Sicherheit vor Diebstahl hatte sich offenbar als Illusion herausgestellt. Ein wirklich schwarzer Tag für Schwebenitz.

Porsche weg. Nachbar tot - und damit wahrscheinlich der Stellplatz verloren.

Als der Kommissar gegangen war, blieb er ziemlich durcheinander zurück. Grübeln, erinnern,
durchatmen, ärgern, ein Brot kauen, Katzenwä-
sche. Die Befragung durch Heun, der Lärm draußen, die Worte des Greises am Vorabend, die kürz-
lich erfolgte Kündigung - alles zusammengenom-
men ein echt vermasselter Neubeginn in Hofheim.

Irgendetwas müsste jetzt erfolgen, doch was?
Endlich kam ihm eine Idee: Auch seine Ex-Kolle-
gin Ina hatte nach den Auseinandersetzungen die
Kanzlei verlassen müssen. Da er selbst nicht recht
wusste, ob sie etwas zu den Intrigen beigetragen
hatte, war ihre Freundschaft nach dem Rauswurf
zwangsläufig abgekühlt. Aber er erinnerte sich,
dass sie ihm immer angeboten hatte, sich bei Prob-
lemen vertraulich miteinander zu beraten. Also
wagte er schließlich den Anruf. Erleichtert stellte
er fest, dass sie sich nicht nur erstaunlich freund-
lich meldete, sondern ihn spontan zu sich einlud,
nachdem sie gehört hatte, was ihm widerfahren
war. Glücklicherweise befand sie sich zurzeit
ebenfalls in Hofheim, wo sie die superschicke

Wohnung einer Freundin am Kapellenberg betreute.

Kaum war er aus dem Taxi gestiegen, bestürmte Ina ihn gleich mit Fragen nach den Vorgängen im Zentrum, von denen sie über die sozialen Netzwerke erfahren hatte. Im Laufe seines aufgeregten Berichts über den Einsatz der Polizei direkt vor seiner Haustür fragte er so am Rande, ob sie denn ihren Jaguar in einer gesicherten Garage untergebracht habe. Nö, wieso?, kam die Antwort, ein Carport sei doch direkt neben dem Haus.

Er wurde stutzig: Ihm war kein Jaguar aufgefallen. Im Nu waren sie draußen und starrten auf den verwaisten Carport. Leer. Kein Jaguar. Vorsichtig näherten sie sich dem gepflasterten Platz. Da waren Spuren am Boden, Mini-Schnipsel von Kabeln - und ein USB-Stick. Auch Ina hatte ihren 1973er Jaguar E, der als Oldtimer einigen Wert besaß, mit der Wegfahrsperre gesichert. Und nun war er verschwunden.

Schwebenitz blickte zum Himmel, an dem sich Wolken verdichteten, die vielleicht gleich abregnen würden. Er rief die Polizei an, dass sie sofort kommen und Spuren sichern solle. Es ginge nicht nur um ein zweites verschwundenes Auto, sondern möglicherweise auch um das Motiv für den Mord an dem Alten. Völlig entgeistert starrte Ina ihn an. Schlagartig wurde ihnen beiden klar, dass sie in der Nacht womöglich in großer Gefahr gewesen war.

Genau eine Woche später klappte es schon besser mit dem entspannten Aufstehen im Altstadt-Häuschen, dem Gang zur Konditorei und einem guten Frühstück. Was würde Heun berichten, der sich zu einem schnellen Kaffee bei Schwebenitz angesagt hatte? Kurz darauf erschien der Kommissar mit einer Tüte aus dem Rathaus-Café, und während er eilig ein Croissant verdrückte, nutzte er die Gelegenheit, um Schwebenitz zu loben. Ja, sein Tipp sei entscheidend gewesen für die Fahndung. Sie hatten vor dem Regen gerade noch ihre Arbeit am Carport verrichten können. Vor allem der Stick hatte hinreichend Beweise zur Aufklärung des Tötungsdelikts geliefert. Ein Praktikant aus der Kanzlei hatte den sorglosen Umgang mit Dokumenten im Kopierraum ausgenutzt. Er steckte schon längere Zeit mit einer Hacker- und Diebesbande unter einer Decke und hatte seine Kenntnisse über die Wegfahrsperre und die Standorte der teuren Wagen genutzt, um den Ganoven Tipps zum Autoklau zu geben. In einer Lagerhalle in Wallau hatten die Ermittler die gestohlenen Autos gefunden, samt dem technischen Equipment, um die Programmierung der Wegfahrsperren zu manipulieren.

Das Opfer, der alte Mann von nebenan, erzählte Heun weiter, sei offenbar in der bewussten Nacht an die Tür gekommen und zu einem bedrohlichen Zeugen geworden. Er habe ganz einfach Pech gehabt.

Schwebenitz seufzte und schwieg betroffen. Er musste sich wohl damit abfinden, dass er ab jetzt einen Platz in der Tiefgarage brauchte.

DIE KUNST DES STÜRZENS

von Belinda Vogt

Sonntag, 10.45 Uhr.

Noch zehn Sekunden bis zum Aufprall.

Adrian Adamski beugt sich weit über den Lenker seiner treuen Jawa. Unter ihm roter Sand, die weiße Startlinie. Sein Herz schlägt schneller als der Viertakter seiner Maschine, Adrenalin pulst durch seinen Blutkreislauf, verschafft ihm höchste Konzentration und pure Lust auf den Moment, wenn das Startband hochschnellt. Zweites Heimrennen in der Speedway Bundesliga, im Kampf um die Deutsche Meisterschaft. Er hat eine super Zeit eingefahren, wichtige Punkte geholt für die White Tigers, für die er in dieser Saison fährt. Aber noch ist nichts entschieden, die Landshut Devils sind stark. Extrem nervenstark.

Start.

Noch acht Sekunden bis zum Aufprall.

Adrian legt seine Kraft in die Arme, die Maschine reißt ihn nach vorne, achtzig PS ungebändigte Kraft, keine Bremse, keine Federung. Jetzt sollen die Anderen Staub fressen. Sein Körper vibriert über dem rauen Belag der Piste. Vollgas.

„Du bist süchtig nach der Raserei", hatte seine Mutter geklagt, wenn er verdreckt, aber glücklich mit der Yamaha seines Bruders Dawid auf den Hof gerollt war. Das war noch in Polen gewesen, in ihrem armseligen Kaff am Fuße der Karpaten. Stundenlang war er durch die Ebene gebrettert, über Feldwege, Schotterpisten, bis hinauf in die Wälder, wo er seinen Blick über die Tannen und den Fluss schweifen ließ. Stille, Vogelgezwitscher. Über sich den Himmel, klar und blau. Doch noch mehr liebte er das satte Brummen, wenn er die Maschine wieder anwarf und ins Tal zurückfuhr.

Jetzt hüllt ihn dieses Dröhnen ein, und aus dem Augenwinkel sieht er den Fahrer in der blauen Montur, einen der Devils auf Bahn zwei. Auf gleicher Höhe, dicht an seiner Seite. Will der Mistkerl ihn rammen?

Die erste Kurve.

Noch sieben Sekunden bis zum Aufprall.

Mit vollem Speed ins Powersliding. Die Maschine ist leicht, gehorcht ihm, er ist längst mit ihr verschmolzen. Adrian hebt sich vom Sitz, damit das Hinterrad nach außen driften kann, sein Stahlschuh fräst sich in den lockeren Untergrund, Steinchen splittern nach hinten. Balance halten, die Fliehkraft bezwingen, er hält die Maschine mit aller Gewalt in der Spur. Endorphine fluten sein Gehirn, als er sich aufrichtet und davonfliegt wie ein Adler in den Karpaten. Er lässt den blauen Devil hinter sich und geht mit achtzig Sachen in die Gerade. Wahnsinn! Vier teuflische Runden in einer Minute, aber diese Minute erfüllt dein ganzes Leben.

Die Gerade.

Noch fünf Sekunden bis zum Aufprall.

Eines Tages hatte er die Yamaha zwischen den Felsen zersäbelt, und Dawid hatte wütend geschwiegen. Jahrelang hatte sein Bruder bei Tesco Dosen ins Regal geräumt und jeden Złoty für die

Maschine zurückgelegt, die jetzt nur noch ein Schrotthaufen war.

„Das zahl ich dir heim", hatte Dawid geknurrt.

Ohne die Yamaha war er bei der schönen Natalia aus dem Nachbarblock sofort abgemeldet gewesen.

Mit schlechtem Gewissen stromerte Adrian durch Rzeszów, bis er den Zettel an einem Strommast entdeckte: Speedway-Stall sucht junge Fahrer. Bald raste er jedes Wochenende über die Bahn der Provinzhauptstadt und traf auf Jakub, der ihn zum Star des Clubs aufbaute. Jakub vermittelte ihn schließlich nach Diedenbergen in Deutschland, wo Adrian feststellte, dass ein kleiner Ort verdammt hübscher aussehen kann als eine Endstation im Nirgendwo. Rosen vor dem Fenster, ein Job als Automechaniker, Fahrer für die White Tigers. Was konnte sich ein Junge aus Ostpolen Schöneres wünschen?

Beschleunigung.

Noch drei Sekunden bis zum Aufprall.

Adrian spürt den blauen Fahrer dicht neben sich. Der fährt ihm in die Seite, lenkt sein Vorderrad in Adrians Speichen. Was soll das? Adrian schlingert, hält die Balance, die Jawa zeigt sich störrisch.

„Wolltest ja schon immer hoch hinaus", hatte sein Bruder gehöhnt, als Adrian mit gepackten Koffern in der Tür gestanden hatte. „Sieh zu, dass du dir nicht den Hals brichst."

„Ich hol euch nach", hatte Adrian versprochen. „Oder schick euch Geld."

„Wer's glaubt", schnaubte Dawid, und die Mutter schrie: „Glaub bloß nicht, dass wir dich im Krankenhaus besuchen."

„Oder in der Leichenhalle."

Die zweite Kurve.

Noch zwei Sekunden bis zum Aufprall.

Adrian hat einige Stürze erlebt, das gehört dazu. Prellungen, Zerrungen, Rippenbrüche, nichts Schlimmes bis jetzt. Andere Fahrer sind nicht so glimpflich davongekommen, aber wer mit

Speedway anfängt, kommt nie davon los. Der ultimative Kick.

Der Typ neben ihm geht jetzt volles Risiko. Holt auf, rast ihm gnadenlos hinterher, touchiert Adrians Hinterrad. Die Jawa bäumt sich auf, stellt sich senkrecht wie ein bockiger Hengst. Er kann sie nicht halten. Scheiße! Verflucht nochmal!

Adrian lässt los. Das Einzige, was er machen kann. Loslassen. Wegkommen von achtzig Kilogramm Metall in irrsinniger Beschleunigung. Die wichtigste Regel: Du musst nicht nur fahren, sondern auch stürzen können, wenn du überleben willst. Er fliegt nach hinten, schlägt mit dem Rücken auf, schlittert meterweit durch den Sand. Er sieht die luftgefüllte Bande auf sich zurasen. Mutter Maria, steh mir bei! Die Maschine wirbelt durch die Luft, vollführt eine Pirouette, Chrom glänzt in der Sonne. Wenn sie mich trifft, bin ich tot, denkt er noch. Dann prallt er gegen die Bande, die ihn in den Staub zurückschleudert.

Schicksalsergeben breitet er die Arme aus. Bleibt minutenlang liegen, ringt nach Luft, bevor er schwer atmend aufsteht. Scheint nichts gebrochen zu sein. Glück gehabt. Rettungssanitäter rennen über den Platz, zu ihm und dem blauen Devil, der reglos unter Adrians herabgestürzter Maschine liegt. Oh, Mann, den hat's voll erwischt.

Adrian steht dabei, als sie den Verletzten in den Rettungswagen schieben, ihm den Helm abnehmen, den Overall öffnen.

„Dawid!", ruft Adrian fassungslos, als er ihn erkennt.

Sein Bruder winkt ihn zu sich, flüstert in sein Ohr. „Witam, Adrian! Das nächste Mal mach ich dich platt."

Autorinnen und Autoren

Die gebürtige Bonnerin **Uli Aechtner** arbeitete als Journalistin beim Französischen Fernsehsender TF1, für den SWR und das ZDF. Nach zwölf Wiesbadener Jahren siedelte sie 1992 in die Wetterau um - vor die Tore Frankfurts. Neben dem Journalismus begann sie mit dem Schreiben. Scherz, Rowohlt und Eichborn veröffentlichten Kurzgeschichten von ihr, Rotbuch und S. Fischer Romane. Im Emons-Verlag erschienen die Kriminalromane „Frauenschwimmen" und „Keltenzorn", beide im Duo mit Belinda Vogt. Es folgten die Emons-Krimis „Todesrauscher" und „Mordswetter", ein neues Werk ist in Arbeit (www.uliaechtner.de).

DC Hubbard ist Amerikanerin, die auch auf Deutsch Geschichten erzählt. Ihr englischsprachiger Roman „The Peace Bridge" ist 2012 erschienen. Einige ihrer Kurzgeschichten in deutscher Sprache finden sich in den Anthologien „Bei Zitat Mord", (2015) „Hortus Delicti" (2016) und „Hessisch-kriminelle Weihnacht" (2017). Mehr von ihr kann man auf ihren Websites lesen:

www.dchubbard-writes.com und
www.dchubbardwrites.wordpress.com.

Die Autorin **Leila Emami** lebt und arbeitet für
Geschichten. Seit ihrem Studium (Germanistik,
Filmwissenschaft, Kunstgeschichte) schreibt sie
Krimis, Thriller, Theaterstücke, Drehbücher, wie
z. B. ein von HessenFilm gefördertes Drehbuch für
die Leinwand. Wenn sie nicht an ihrem Schreibtisch im Rheingau sitzt, ist sie auf Recherche, be-
gibt sich auf ihren Krimi-Wanderungen durch das
Welterbe Mittelrheintal (www.mords-mittelrhein-
tal.de). Weil das Schreiben so schön ist, stachelt
sie in ihren Kursen andere dazu an. Weitere Infos
unter: www.leila-e.de.

Jürgen Heimbach, Jg. 1961, studierte nach einer kaufmännischen Lehre Germanistik und Philo-
sophie in Mainz, arbeitete als Regieassistent am
Theater Mainz, mitbegründete ein Theater und organisierte Ausstellungen. Seit 1995 arbeitet er als
Redakteur bei 3sat. Er hat zahlreiche Kurzgeschichten sowie sechs Romane veröffentlicht, zuletzt eine Trilogie, die in der Nachkriegszeit spielt
(„Unter Trümmern", „Alte Feinde" und „Offene

Wunden"). Er ist Mitglied im Syndikat, in der Krimiautorenvereinigung „Mörderisches Rheinhessen" und bei „Dostojewskis Erben" sowie in der Jury des rheinland-pfälzischen Jugendbuchpreises und des Deutschen Fernsehkrimi Festivals. Mehr unter www.juergen-heimbach.de.

Peter Jackob, Jg. 1965, studierte Allgemeine und Vergleichende Literaturwissenschaft und promovierte mit einer Arbeit über Schattenmetaphorik. Neben seiner Krimi-Reihe um den Mainzer Altstadtkommissar Schack Bekker schreibt der in Mainz geborene Autor Sherlock-Holmes-Romane. Er ist Preisträger des „Blauen Karfunkels", eine Auszeichnung der Deutschen Sherlock-Holmes-Gesellschaft. Weiterhin hat Jackob den Finnland-Thriller „Kilju" und diverse Kurzkrimis veröffentlicht. Nach 14-jährigem Florenz-Aufenthalt lebt er inzwischen wieder in seiner Heimatstadt (www.peterjackob.de).

Susanne Kronenberg, geb. in Hameln, lebt und arbeitet als freie Schriftstellerin in Taunusstein. Zu ihren Veröffentlichungen zählen u.a. zehn Kriminalromane, davon sieben mit der Wiesbadener

Privatdetektivin Norma Tann (2018 „Rosentot"), Kurzgeschichten für verschiedene Anthologien sowie Fachbücher und Bücher zu regionalen Themen. Als Dozentin für Kreatives Schreiben vermittelt sie die Freude am Schreiben in Kursen und Workshops. Sie ist Mitglied im „Syndikat", der Vereinigung deutschsprachiger Krimiautoren, und Mitgründerin der Wiesbadener Autorengruppe „Dostojewskis Erben".

Mehr unter www.susanne-kronenberg.de.

Bernd Köstering wurde 1954 in Weimar/Thüringen geboren und lebt in Offenbach am Main. Er ist verheiratet, hat zwei Töchter und drei Enkelkinder. Seine Romane und Kurzgeschichten zeigen ein feines Gespür für die Beweggründe der handelnden Menschen. Er entwickelte zusammen mit dem Gmeiner-Verlag das Genre des Literaturkrimis, in dem ein bekanntes Werk der Weltliteratur den jeweiligen Fall auslöst oder auflöst. Seine Goethekrimis um den Privatermittler Hendrik Wilmut haben unter Fans inzwischen Kultcharakter. Bernd Köstering veröffentlichte bisher sechs Romane, zahlreiche Kurzgeschichten und Krimirätsel (www.literaturkrimi.de).

Richard Lifka, geb. 1955 in Wiesbaden, Studium der Germanistik und Soziologie in Frankfurt am Main. Von 1983 bis 1989 Dozent an der Universität in Iasi / Rumänien für Literaturwissenschaft und Deutsche Kulturgeschichte. Seit 1990 freier Autor und Journalist. Mitglied in der Autorengruppe deutschsprachiger Krimiautoren „Das Syndikat". Richard Lifka schreibt Kriminalromane, Erzählungen und Kurzkrimis. Wenn er zusammen mit einem Co-Autor Joachim Biehl schreibt, nennt er sich manchmal Elka Vrowenstein (www.lifka.de).

Rodica Meltzer, gebürtige Leipzigerin, lebt seit vielen Jahren in Wiesbaden. Nach einem BWL-Studium arbeitet sie im IT-Bereich. Diese vielfältigen Erfahrungen prägen auch ihre Geschichten, in denen häufig moderne Technik eine Rolle spielt. Neben Krimis schreibt sie überwiegend Science-Fiction und Fantasy. Sie hat bisher einige Kurzgeschichten veröffentlicht, schreibt aber auch an Romanen. Rodica Meltzer ist Mitglied bei den „Mörderischen Schwestern" und bei „Dostojewskis Erben".

Burkhard Mohr wurde 1955 in Gambach/Oberhessen geboren. Studien in Kirchenmusik, Komposition und Ev. Theologie in Frankfurt/Main. Mehrfach Besuch der Darmstädter Ferienkurse für Neue Musik. Kompositionen fast aller Gattungen für Chor, Orchester, Kammermusikbesetzungen, Orgel und Musiktheater. Zahlreiche Verlagsveröffentlichungen von Noten und CDs. Als Orgel- und Klavierinterpret Schwerpunkt auf neuerer Musik und Improvisation. Wohnt seit 1985 in Wiesbaden. Kooperation mit „Dostojewskis Erben" durch musikalische Beiträge zu deren Lesungen und Einbezug in eigene Konzerte. Aktuelle Projekte jeweils auf der Homepage unter www.mohr-musik.de

Dominick Mondorff wurde im Jahr 1955 in Südhessen nahe der badischen Grenze geboren. Er hatte dort die längste Zeit des Lebens seinen Lebensmittelpunkt, bevor es ihn nach Wiesbaden zog. Mondorff ist Jurist. Den Namen Mondorff führt er nur als Schriftsteller. Spät begann er mit dem Schreiben. 2015 veröffentlichte er seine kleine Geschichte „Der Kiebitz am Warmen Damm" in der Anthologie „Sommer in

Wiesbaden". Danach beteiligte er sich an mehreren Krimi-Anthologien.

Marga Rodmann, geb. 1968 in Bonn, studierte BWL in Ravensburg und Landschaftsarchitektur in Erfurt. Seit dreizehn Jahren arbeitet sie in der Beruflichen Rehabilitation psychisch Kranker in Frankfurt und Wiesbaden. Sie lebt in Idstein und schreibt seit langer Zeit Kurzgeschichten, von denen einige in Anthologien wie „Der Taunus lässt büßen", „Bei Zitat Mord" und „Hessisch-kriminelle Weihnacht" erschienen sind.

Rita Rosen, emeritierte Professorin und Kulturbeauftragte der Hochschule Rhein-Main, schreibt seit vielen Jahren Gedichte, Haiku und Kurzgeschichten. Viele von diesen wurden in Einzelausgaben und Anthologien veröffentlicht und bei Lesungen vorgetragen. Ihre letzte Publikation ist ein Band von Geschichten mit dem Titel „Schwimmendes Grün".

Ute Schusterreiter, geb. in Köln, studierte Kunstgeschichte, Italienisch und Neuere Deutsche Literatur in Marburg und Berlin. Seit einigen

Jahren ist sie Wahl-Rheingauerin. Nach der Veröffentlichung mehrerer Kurzgeschichten wartet sie noch auf einen Verlag für ihre beiden Romane.

Leif Tewes, geb. 1964, lebt und arbeitet im Raum Frankfurt. Nach dem Abitur studierte er Informatik in Frankfurt. Bereits damals begann er, Fachbücher zu schreiben und einige Artikel in Fachzeitschriften zu veröffentlichen. Seine Leidenschaft für die Kunst lebt er als Autor, Musiker und DJ aus. Sein Interesse für spannende Persönlichkeiten und rasante Geschichten hat sich unter anderem auf zahlreichen Reisen und Offroad-Rallyes entwickelt. Mit dem Stilmittel des „Roman noir" verarbeitet er aktuelle Themen in spannende Geschichten mit traurig hohem Wahrheitsgehalt (www.leif-tewes.de).

Dietmar Thate, geb. 1957 in Rheine, arbeitete nach seinem Germanistikstudium viele Jahre als Journalist und PR-Mann. Seine Vorliebe für Krimis lebt er als Autor von Kurzgeschichten aus, die in verschiedenen Anthologien veröffentlicht wurden. Er wohnt mit seiner Frau in Offenbach.

Belinda Vogt studierte Publizistik in Mainz und begann als Drehbuchautorin und Regisseurin für Industriefilme. Danach arbeitete sie als Redakteurin bei SAT.1 und später beim ZDF. 2009 erschien im Emons-Verlag der Rhein-Main-Krimi „Frauenschwimmen", 2013 folgte der Krimi „Keltenzorn" (beide im Duo mit Uli Aechtner). Mit ihren Kurzgeschichten war sie zweimal für den Agatha-Christie-Krimipreis nominiert. Neben ihrer Tätigkeit als Autorin arbeitet sie verstärkt auch als Lektorin. Belinda Vogt lebt mit ihrer Familie in Wiesbaden. Mehr unter www.belinda-vogt.de.

Thorsten Weiß, 1964: Jean-Paul Sartre lehnt den Nobelpreis für Literatur ab, die SPD wählt Willy Brandt zum Parteivorsitzenden und Thorsten Weiß wird geboren. Das Babyboomer-Jahr. Einer stabilen Phase mit Kindheit, Schule und Studium der Volkswirtschaftslehre und Politischen Wissenschaft in Hamburg folgt eine Odyssee durch sechs Städte in vier Bundesländern. Heute lebt Thorsten Weiß als bislang friedfertigster Kriminalschriftsteller der Welt in der deutschen Hauptstadt des Verbrechens: in Frankfurt am Main. Hier schreibt er über den Drogenmissbrauch im Weihnachtsgottesdienst, die Sachbeschädigung an einem Mandelbrenner oder einen Justizmord vor 400 Jahren.

DIE AUTORENGRUPPE

„Dostojewskis Erben" nennen sich - augenzwinkernd - Autorinnen und Autoren aus Wiesbaden und Rhein-Main, die sich regelmäßig im Literaturhaus Villa Clementine zusammenfinden, um über das Schreiben zu diskutieren und sich mit Kollegen auszutauschen. Dabei entstehen auch gemeinsame Projekte wie die hier vorliegende Anthologie. Die Treffen finden monatlich statt.

Kontakt: Susanne Kronenberg (mail@susanne-kronenberg.de).

www.dostojewskiserben.de

DANKSAGUNG

An dieser Stelle möchte ich mich ganz herzlich bei allen Autorinnen und Autoren dieses Buches bedanken. Nur durch ihre Fantasie, ihr kriminelles Gespür, ihren Humor und nicht zuletzt ihren Gemeinschaftssinn ist eine äußerst abwechslungsreiche Sammlung von Kurzkrimis rund um die Stadt Hofheim zustande gekommen. Die gemeinsamen Lesungen anlässlich des bundesweiten Krimitags sind ein fester Bestandteil unserer Autorengruppe und zeigen jedes Jahr aufs Neue das große Engagement jedes einzelnen Mitglieds.

In diesem Jahr geht mein besonderer Dank an Susanne Kronenberg, die mit ihrer Geduld, ihrer akribischen Detailarbeit und ihrem Sinn für Struktur und Ästhetik alles dafür getan hat, dass „Mörder, Tote, Kommissare" nun in dieser ansprechenden Form vorliegt.

Ich danke allen Beteiligten und freue mich auf weitere gemeinsame Projekte.

Wiesbaden, im August 2018
Belinda Vogt (Herausgeberin)

DOSTOJE**W**SK**I**S ERBEN

AUTOR*INNE*N IM LITERATURHAUS WIESBADEN